Killer ohne Profil

Herbert

Martin Thiem

Zum Autor:

Martin Thiem wurde 1981 in Herne geboren.
Er arbeitete als Steuerfachangestellter, Versiche-
rungsfachmann und Soldat.
Als Soldat unternahm er mehrere Reisen nach Af-
ghanistan und eine nach Israel.
Er ist verheiratet und hat einen Sohn und eine
Tochter.
Zurzeit lebt er mit seiner Familie in Schleswig Hol-
stein.

**Bibliografische Information der Deutschen Nationalbiblio-
thek:**

Die Deutsche Nationalbibliothek verzeichnet diese Publikation
in der Deutschen Nationalbibliografie; detaillierte bibliografische
Daten sind im Internet über http://dnb.dnb.de abrufbar.

Impressum

Copyright: © 2014 Martin Thiem
Herstellung und Verlag:
BoD Books on Demand, Norderstedt
ISBN 978-3-7347-3211-9
2. Version

Inhaltsverzeichnis

1. Der Tag des Erwachens

Bückeburg:

Es war bereits dunkel in der Stadt und kaum ein Mensch war noch unterwegs. Das Paar Sandra und Andreas: Sandra war Nageldesignerin in einem Studio ganz in der Nähe der Stadt. Sie war einen Meter neunundsiebzig groß und hatte blonde bis zum Arsch lange Haare, sie war schlank und hatte Körbchengröße fünfundsiebzig C. Mit anderen Worten: Sehr gut aussehend. Andreas arbeitete als Bankfachangestellter in der örtlichen Sparkasse. Er war etwa gleich alt und sehr sportlich. Seine Größe betrug etwa einen Meter zweiundneunzig und seine Haare und Augen waren braun. Kennen gelernt hatten sich die beiden in den Pausen auf der Berufsschule vor etwa drei Jahren. Seit einigen Tagen waren sie verlobt. Sie schlenderten unbesorgt durch die Fußgängerzone. Sie waren gerne so spät abends unterwegs. Es war schön nicht im Gewühl der Masse unterzugehen. Sie genossen es, sich in der Stille die vielen beleuchteten Schaufenster anzusehen.

»Sieh mal Schatz, hier gibt es neue Ohrringe, die mir gefallen. Du könntest morgen in der Mittagspause hier vorbeischauen!«, sagte sie ihm.

Er grinste, »Mal sehen, ob ich Zeit habe.«

Sie wusste genau, dass er ihr nie einen Wunsch ausschlagen könnte.

Händchen haltend gingen sie langsam wieder Richtung Parkplatz. Am Auto angelangt küssten und umarmten sie sich. Als plötzlich ein starker Schmerz Andreas durchzog, er ging von seinem Kopf aus.

Was war das nur, dachte er zuletzt und sank bewusstlos zu Boden. Sandra schrie, so laut sie konnte, als sie das Blut über Andreas Gesicht laufen sah.

»Hilfe, Hilfe mein Freund blutet. Ist hier jemand?«

Sie weinte und wusste nicht, was sie tun sollte.

Als sie gerade dabei war über ihr Handy einen Krankenwagen zu rufen, kam ein Passant, der zufällig in der Nähe war, herbeigeeilt. Sie hatte noch nicht gewählt, das vergaß sie jetzt auch erstmal.

Der Fremde war dunkel gekleidet und sah ansonsten aus wie jedermann, dunkle kurze Haare, braune Augen, kein Bart, seine Nase war normal groß, er trug weder Piercings noch Tattoos, die sichtbar waren und Narben, die nicht von seiner Kleidung verborgen waren, hatte er ebenso nicht.

Er sah eben völlig normal aus.

»Ich bin Herbert«, sagte der Fremde,

»Ich arbeite hier im Krankenhaus, wie ist den der Name ihres Freundes?«

»Andreas, Andreas Meinhard«, antwortete sie völlig geschockt von dem Ereignis.

Herbert versuchte Andreas anzusprechen und prüfte seine Atmung und seinen Puls.

»Andreas? Hallo, können Sie mich hören?«

Nichts.

»Was ist denn passiert? Hat er irgendwelche Krankheiten oder ist er gestürzt?«, fragte er scheinheilig.

»Nein, alles war wie immer und dann fiel er plötzlich um und überall war Blut.

Bitte helfen Sie ihm.« Sie war völlig außer sich.

»Bitte bringen Sie mir meine Tasche aus dem blauen Auto da drüben«, er gab Sandra seinen Autoschlüssel und begann mit Wiederbelebungsversuchen.

»Die Tasche ist im Kofferraum unter der Plane«, rief er ihr noch zu.

Am Auto angekommen öffnete Sandra den Kofferraum und nahm die Plane hoch. Danach wurde ihr schwarz vor den Augen und sie verlor das Bewusstsein.

Herbert hatte sie von hinten k.o. gehauen. Er hob die Frau in den Kofferraum seines Autos und deckte sie mit der Plane zu. Das Gewehr, mit dem er Andreas in den Kopf schoss, es war schallgedämpft, ließ er an der Stelle zurück, wo er es benutzt hatte.

Die Seriennummer war rausgefeilt und durch die Handschuhe, die er trug, gab es auch keine Fingerabdrücke. Außerdem hatte er es auf dem Schwarzmarkt gekauft. Trotzdem rieb er es noch einmal mit einer leichten Säure ab, bevor er zu Sandra ging. So konnte die Polizei später keine Spuren mehr verwerten und er konnte nicht mit der Waffe in Verbindung gebracht werden.

Die Fahrt zu einer abgelegenen und verlassenen Kaserne dauerte eine Weile. Davon bekam Sandra allerdings nichts mit, sie erwachte erst viel später.

Herbert hatte sie dann schon so platziert, wie er es sich in seiner Fantasie schon etliche Male vorgestellt hatte. Sie erwachte auf einem Tisch, fixiert in völliger Dunkelheit und konnte gerade einmal den Kopf bewegen.

Sie war völlig nackt und etwas kaltes Unbekanntes wurde ihr in die Vagina eingeführt. Es schmerzte, sowohl die gefesselten Gelenke als auch ihre Vagina. Sie schrie völlig hysterisch und weinte unaufhörlich.

Sie flehte »Bitte, lassen sie mich gehen. Ich tue alles, was sie wollen! Ich werde auch niemandem etwas verraten.«

Sie bemerkte durch die Augenbinde, die sie trug, dass nun das Licht angeschaltet wurde. Jemand musste sie gehört haben. Es war ihr peinlich, sie lag nackt auf einem Tisch gefesselt in einem sehr kalten Raum. Ihre Brustwarzen waren steif und irgendetwas steckte in ihr drin, das genauso kalt war wie die Luft des Raumes. Dennoch hoffte sie, dass jemand sie finden und retten würde.

Sie glaubte Geräusche im Raum zu hören, jemand musste da sein.

Aber wer war der Fremde, der Andreas und ihr im Parkhaus helfen wollte?

Andreas, was hatte er mit Andreas gemacht?

Sollte er jetzt tot sein?

Sie hoffte so sehr, es sei jemand anderes, der ihre Schreie gehört hatte und sie jetzt retten wollte.

Sie wusste es nicht und das machte ihr noch größere Angst. Was für eine Bestie würde so etwas einem Menschen antun.

Sie weinte und flehte weiter in Hoffnung, dass dies nicht ihr Ende war. Sie wollte nicht sterben, schließlich war sie gerade erst einundzwanzig geworden. Vor allem aber wollte sie nicht auf diese Weise sterben, gefesselt und völlig ausgeliefert. Wahrscheinlich würde sie jetzt vergewaltigt, das erklärte zumindest den Gegenstand in Ihr.

Plötzlich begann Wasser auf ihre Stirn zu

tropfen. Es war ein langsames Tropfen, kaum spürbar, aber vorher war es noch nicht da.

Was hatte dieser Kerl, sie ging davon aus, dass es Hermann sein musste, nur mit ihr vor?

Es hörte sich so an, als ob jemand etwas einschaltete und dann aus dem Raum ging. Sie wurde panisch und versuchte sich mit aller Kraft gegen Ihre Fesseln zu wehren, doch das vergrößerte nur den Schmerz, den sie spürte und der Gegenstand, den sie in sich spürte, drang dadurch noch ein kleines Stück tiefer ein.

Sie gab auf sich zu wehren und weinte nur noch unaufhörlich. Sie hatte keine Ahnung, wie sie dem entkommen sollte und vor allem warum das geschah.

»Was haben Sie mit mir vor, Sie Perversling? Wenn Sie mich ficken wollen, tun Sie es. Nur bitte lassen Sie mich danach wieder gehen!«

Herbert verließ den Raum, in dem er die Frau gefangen hielt. Ihren Namen wusste er nicht. Das war auch völlig belanglos. Ihr einziger Zweck war es, dass er seine Fantasie verwirklichen konnte.

Er hatte viele Fantasien, aber dieses Mal
war es das erste Mal, dass er sie in die
Realität umsetzte. Er wollte schon immer
einmal wissen, wie es war einen Menschen zu töten, doch das war nicht genug. Es musste auf eine Weise geschehen, die er sich in seiner Fantasie vor-
stellte. Grausam und diese Person musste kurz vor dem Tod realisieren, dass die
Hoffnung auf ein weiteres Leben dahin
ist. Er wollte wissen, wie Menschen sich
verändern, wenn sie aus ihrem Leben ge-
rissen werden und den Lebenswillen verlieren.

Menschen, eine Spezies, zu der er auch
gehörte, die er aber nicht besonders
schätzte. Arrogant, unhöflich, völlig ich-
bezogen, so sah er seine Mitmenschen.
Sie hatten es verdient zu sterben. So
dachte er insgeheim, seine Familie ahnte
nichts davon.

Er war Vater eines Sohnes, der bereits
zur Schule ging. Seine Frau Sybille war
Lehrerin und unterrichtete an einer
Grundschule in dem kleinen Ort, in dem
sie wohnten. Er selbst arbeitete für eine
Versicherung. Das brachte gutes Geld ein
und er hatte immer einen Grund, auf Geschäftsreise,

oder zu einer Fortbildung zu fahren.

Nun jedenfalls würde er zum ersten Mal sehen wie eine junge und dazu auch noch hübsche Frau beginnt sich selbst aufzugeben und den Tod zu akzeptieren, der ihr definitiv bevorstand.

Er verschloss die Tür hinter sich und brach den Schlüssel ab. Diesen Raum würde er nie wieder betreten. Zu viele Spuren, wenn er später durch das Blut laufen würde, womöglich blieb sonst noch etwas an ihm haften. Er zog den Schutzanzug, den er anhatte, jedoch noch nicht aus. Es war ein Anzug, wie ihn die Spurensicherung im Fernsehen immer trug. Dazu hatte er auch Latexhandschuhe angezogen. Diese trug er sogar im Parkhaus unter den Lederhandschuhen, die ihn normal wirken lassen sollten. Er setzte sich auf einen Stuhl vor einen Fernseher, der mit der Kamera verbunden war, die das Bild der Sterbenden hierher übertrug.

Die Frau lag nackt und gefesselt da - ein schöner Anblick. Die Schrotflinte, die er ebenfalls vom Schwarzmarkt besorgt hatte, war gereinigt, bevor er sie der Frau in die Vagina einführte und an dem eigens für diesen Tag gefertigtem Gestell befestigte. Sie war über ein Seil mit einem Gewicht verbunden, das von der Decke hing. Dieses Gewicht wurde von einem Eimer gehalten, der mit Wasser gefüllt war. Dieser Eimer tropfte jetzt langsam leer, sobald der Eimer nur noch zu einem Viertel gefüllt war, würde die Schrotflinte schießen. Bei seinen Tests, die er vorher gemacht hatte, dauerte dies etwa acht Stunden. Solange würde die Frau dort liegen und sehr wahrscheinlich weiter kämpfen und schreien. Er genoss jede Minute davon.

Sandra war panisch: Die Schmerzen, der Gegenstand, der sie penetrierte, die Blindheit durch die Augenbinde und die Kälte waren schon zu viel. Doch nun tropfte es unaufhörlich auf ihre Stirn. Sie wurde wahnsinnig davon und wollte nur noch, dass es aufhörte, das tat es jedoch nicht. Sie wand sich auf dem Tisch so gut sie konnte, um den Tropfen auszuweichen, das vergrößerte jedoch nur den Schmerz durch die Fesseln. Ihr Kampf dauerte fast die gesamten acht Stunden. Bis sie völlig entkräftet nur noch da lag und darauf wartete, erlöst zu werden.

Doch bis zu diesem Zeitpunkt scheuerte

sie sich die Hand und Fußgelenke fast bis zu den Knochen auf und schrie bis ihre Stimme vor Heiserkeit versagte. Sie war am Ende so entkräftet, dass sie sogar nicht mal mehr weinen konnte. Der Wunsch, dass es vorbei war - egal wie - war nun ihr letzter und einziger, als die Schrotflinte ihre tödliche Ladung abfeuerte und die kleinen Schrotkugeln ihren Körper durchbohrten.

Es war ein noch grausamerer Schmerz als die Fesseln und das alles. Es dauerte eine kleine Weile, bis sie endgültig starb. Das Schrot zerstörte ihr regelrecht den gesamten Bauch und verwandelte den Raum in ein einziges Kunstwerk aus Blut und Innereien.

Eine einzelne Träne der Erleichterung rann ihr über die Wange, als ihr klar wurde, dass all das Leiden nun vorbei war.

Sie hoffte wieder mit Andreas vereint zu sein, sobald der Tod eintrat.

Herbert ging zu dem Auto, das er mit einem falschen Führerschein und etwas Bargeld das er abzweigen konnte und über das es keinerlei Belege gab, geliehen hatte.

Den Schutzanzug, die Handschuhe und die Kleidung, die er im Parkhaus trug, verbrannte er in dem Zimmer mit dem Fernseher. Das Auto tauschte er gegen sein eigenes, das etwa sechzig Kilometer weit entfernt in Hannover stand, wo er zu einer Tagung am Vortag eingeladen war.

Nun konnte er nach Hause fahren. Alles, was er von dieser Nacht noch behalten würde, waren seine Erinnerungen.

Er hatte noch einmal zweihundertdreißig Kilometer zu fahren, bis er bei seiner Familie in Leer eintraf. Es war später Nachmittag des folgenden Tages. Herbert fühlte sich gut und freute sich zum ersten Mal über etwas mehr, als über seine Familie. Das jedoch würde für immer verborgen bleiben, so hoffte er jedenfalls.

Seine Frau begrüßte ihn zusammen mit seinem Sohn an der Haustür, er küsste beide auf die Wange und trat ein.

»Hallo ihr zwei«, sagte er.

»Hallo mein Ehemann, na, wie war deine Reise? Ich hoffe, du warst nicht zu lang an der Hotelbar«, sie zwinkerte ihm zu.

»Hallo Dad«, sagte sein Sohn.

Joshua kam langsam in die Phase, in der Eltern der Feind sind. Zumindest fühlte es sich für Herbert so an. Elf Jahre und ihm ging es jetzt schon nicht schnell genug mit dem Erwachsenwerden.

Es sollte ein gemütlicher Nachmittag mit seiner Familie werden, das Wetter war schön. Also spielte er mit seinem Sohn im Garten, und als dieser schlafen ging, schmiegte sich seine Frau auf dem Sofa an ihn und sie schauten einen Film zusammen.

Am nächsten Morgen fuhr er in sein Büro; auf dem Weg dorthin setzte er seinen Sohn Joshua noch an der Schule ab. Er ging bereits in die fünfte Klasse.

Mehr als ein »Tschüs, Dad«, war nicht drin.

»Und was ist mit einem Kuss?«

Darauf gab es keine Antwort. Der Herr war schon zu alt für so etwas.

Im Büro hörte er wie immer zuerst die Nachrichten auf dem Anrufbeantworter ab und las die E-Mail-Korrespondenz, die über die Tage seiner Abwesenheit eingegangen war. Nichts Besonderes, ein paar Schadensbearbeitungen, eine neue Doppelkartennummer für die Zulassung eines Autos wurde benötigt und ein Kunde benötigte sogar eine neue Unfallversicherung für sein Kind.

Als das alles abgearbeitet war, lehnte er sich zurück und dachte an die Frau, die gestorben war. Er war zufrieden mit sich und konnte nun darüber nachdenken, was er wohl als Nächstes tun konnte.

Ein paar Tage vergingen, er machte seine Arbeit und verbrachte Zeit mit seiner Familie. Aus den Nachrichten erfuhr er, dass die Polizei noch keine Spur im Fall des ermordeten Mannes hatte.

Sie verdächtigten die Verlobte, da diese verschwunden war und ihre Fingerabdrücke die einzigen am Tatort waren.
Sein Plan hatte also funktioniert.

Das stimmte ihn zufrieden und half die nächste Tat vorzubereiten. Allerdings durfte er nichts von dem, was er bereits getan hatte, wiederholen.

2. Eine weitere Tat

Es war wieder so weit, die Cortalis Versicherung veranstaltete ein Seminar in Hamburg. Das war perfekt, Hamburg war eine riesige Stadt. Dort konnte er in der Masse untertauchen und niemand würde ihn wahrnehmen.

Es sollte am nächsten Montag losgehen. Heute war Donnerstag, er hatte genug Zeit alles zu besorgen, was er noch brauchte und einen Plan für sein Vorgehen entwickeln, um jemanden in seine Gewalt zu bringen.

Das Wochenende verbrachte er damit, einige Besorgungen zu machen. Zum Glück schöpfte seine Frau keinen Verdacht, wenn er in den Baumarkt fuhr. Er werkelte ja gerne an etwas in der Garage oder am Haus. Er hatte einen etwas größeren Bargeldbestand an die Seite legen können, somit fielen seine Extraeinkäufe nicht auf und waren auch nicht zurück verfolgbar. Sollte das nicht reichen, gab es noch ein, zwei Konten, von denen auch nur er etwas wusste.

Er kaufte alles, um einen Elektroschocker selbst zu bauen, der stufenlos von zart bis tödlich einstellbar war. Die Anleitung dafür hatte er aus dem Internet. Ein Seil durfte auch nicht fehlen, er könnte auch Klebeband benutzen, aber es blieben so leicht Dinge daran haften die später eine Spur für die Polizei sein würden. Er besorgte noch einiges an Zubehör, um den Elektroschocker später Intervalle von Elektrostößen abgeben zu lassen. Die Intervalle sollten immer kürzer werden.

Nachdem er das alles verstaut hatte, fuhr er nach Hause zu seiner Frau und seinem Sohn. Er genoss das Wochenende mit seiner Familie und baute in der Garage an seinem Elektroschocker, nachdem sein Sohn im Bett war.

Am Sonntag waren sie zu Kaffee und Kuchen bei den Nachbarn eingeladen. Hans und Claudia Weiner, sie waren oft dort eingeladen und die Frauen unterhielten sich stundenlang. Er nutze die Zeit, um mit Hans über Belanglosigkeiten wie Fußball zu reden. Er war ja schließlich ein guter Nachbar, alle in der Gegend mochten ihn. Er half in der Nachbarschaft mit seinem handwerklichen Geschick und seine Frau gab kostenlose Nachhilfe für die Nachbarskinder. Sein Sohn war in der Fußballmannschaft. Joshua war Stürmer und auch sehr beliebt.

»Habt ihr das Fußballspiel gestern gesehen? Bremen spielte gegen Hamburg.«

Herbert war Bremen Fan, Hans stand auf den Hamburger SV.

»Das war vielleicht ein tolles Spiel, Bremen hat mal wieder alles gegeben. Drei zu null, was für ein tolles Spiel!«

Hans schaute nur finster drein. Herbert machte es Spaß ihn ein wenig zu necken. Schließlich schmierte Hans es ihm auch immer aufs Brot, wenn es bei Bremen mal nicht lief.

Das Thema wurde von Hans gewechselt. Der Rest des Abends ging schnell und friedlich vorüber.

Am Montag ging die Reise endlich los. Er verabschiedete sich wie immer von seiner Familie »Macht es gut, ihr zwei. Viel Spaß in der Schule, dass mir keine Klagen kommen.«

»Oh Mann, Dad«, Joshua stieg in das Auto und wartete auf seine Mutter, die ihn heute zur Schule brachte.

»Tschüs, mein Schatz«, sagte sie und gab ihm einen Zungenkuss.

Herbert konnte es förmlich spüren, wie sein Sohn dabei die Augen verdrehte.

Dann fuhr er mit dem Auto davon. Es waren zweihundertfünfundzwanzig Kilometer zu fahren und dutzende Baustellen machten es zu einer elendig langen Reise. Er nutzte die Zeit jedoch, um sich einen Plan zu machen, was er mit seinem Opfer anstellen würde. Er hatte sich in den letzten Tagen einige Gedanken darüber gemacht, war sich aber noch nicht ganz sicher.

Auf einem Rastplatz kam die Erleuchtung, er fand in einem Haufen achtlos entsorgtem Elektroschrott eine alte Mikrowelle. Das war perfekt, das Ende seines Opfers würde grausam sein. Mit diesem Gedanken lud er die Mikrowelle ein und setzte seine Fahrt fort.

Der Rest der Fahrt bis zu seinem Hotel verlief ereignislos. In seinem Kopf jedoch, spielte er bereits den möglichen Ablauf seiner Tat durch.

Heute war nur ein kleiner Willkommenstrunk auf dem Plan, so konnte er den Abend für weitere Vorbereitungen nutzen.

Als Tatort kam der Keller eines verlassenen Wohnhauses in Frage, an dem er vor-
beischlenderte. Er ging noch in einen
Sexshop, dort kaufte er einen Knebel.
Sein Opfer sollte ja nicht zu hören sein.

Im Laden, der auch ein Kino hatte, fielen
ihm die vielen älteren Herren auf, die dort
waren.

Zuerst sprach er mit dem Kassierer, »Was
machen die denn alle hier?«

Der antwortete, »Die wollen alle ins Pornokino, dort holen sie sich meistens gegenseitig einen runter, oder man bekommt einen in Darkroom geblasen. Die
meisten sind scheinbar Single. Allerdings
kam auch schon mal eine Ehefrau vorbei,
die ihren Mann am Ohr aus dem Kino
zog. Das war vielleicht ein Spaß.«

»Was kostet denn der Eintritt?«

Das musste er genauer wissen. Er zahlte
ebenfalls den Eintritt und folgte den Männern, die sich, zu seinem Schrecken, tatsächlich miteinander vergnügten. Das
hätte er nicht erwartet. Er fand zwar den
Gedanken schon komisch, sich in so einem Kino einen runterzuholen, aber das
war auch für ihn seltsam.

Als er dann auch ein Angebot bekam,

dass ein Fremder ihm einen blasen wollte, schaltete er schnell.

Seine Antwort war »Ich bin für heute fertig, aber wenn du Lust hast, können wir uns ja morgen bei mir treffen.«

Der Fremde stimmte zu.

»Klar gerne, wohnst du hier in der Nähe?«

»Nicht direkt, allerdings habe ich mir hier um die Ecke einen Kellerraum eingerichtet, um dort ungestört etwas Spaß zu haben.«

Es war noch nicht mal gelogen.

»Wann soll ich denn bei dir sein?«

»Ich habe ab zwanzig Uhr Zeit. Passt dir das?«

»Ja, echt super, Süßer. Ich freu mich drauf!«

Das war überraschend einfach. »Was für ein Perverser, der hat den Tod verdient«, dachte sich Herbert und verließ das Kino wieder.

Unglaublich, er hatte sich so viele Gedanken gemacht, wie man eine fremde Person in eine zwielichtige Gegend locken konnte ohne Verdacht zu schöpfen. Scheinbar war das einfacher, als er gedacht hatte.

Vom Kino ging er über einige Umwege erst einmal zum Keller zurück und kundschaftete die Lage aus, bevor er mit den Vorbereitungen begann. Als er sicher war, dass niemand ihn stören würde, holte er seine Sachen, die noch im Wagen vor dem Hotel waren.

Die Mikrowelle passte in seine Sporttasche, so dass er alles tragen konnte. Im Keller bereitete er die Fesseln vor, mit denen er den Mann an die Wand hängen würde. Die Mikrowelle befestigte er auf einem alten Tisch, der zufällig im Keller stand. Die Mikrowellentür musste noch entfernt werden, da sie sonst im Weg war. Und er musste dafür sorgen, dass die Mikrowelle auch ohne Tür funktionierte. Das Gerät war ja gegen Benutzung mit offener Tür geschützt.

Als dies erledigt war und er auch einige Tests gemacht hatte, zum Glück gab es hier unten noch Strom, war er zufrieden und deckte sein Werk noch mit einem Laken ab. Im Hotel legte er sich schlafen.

Am nächsten Morgen saß er nach einer Runde auf dem Laufband und einem ausgiebigen Frühstück im Seminarraum. Es ging um Schadensregulierung bei Gebäudeversicherungen, langweiliger Kram. Immerhin hatte die Versicherung eine Koryphäe eingeladen, die es verstand Menschen zu unterhalten. Er wäre sonst eingeschlafen.

Zu Mittag aß er mit seinen Kollegen, einige davon kannte er sehr gut. Sie gehörten zur selben Regionaldirektion, sie alle schätzten Herbert.

»Na, was habt ihr heute so noch vor? Hamburg hat ja einiges zu bieten und wir müssen erst um zehn Uhr auschecken«, fragte einer von ihnen.

»Ich gehe heute Abend auf die Reeperbahn. Hab' mir dafür extra Taschengeld mitgenommen«, sagte ein anderer.

Dann sollte er etwas sagen, »Ich werde auf mein Zimmer gehen. Ich genieße es, mal alleine und ungestört schlafen zu können.«

»Du Langweiler«, sagten seine Kollegen fast gleichzeitig.

Den Rest der Zeit planten die anderen ihren Trip zur Reeperbahn.

Nach dem Essen gab es noch einen Workshop zum Thema Verkaufsgespräche. Das war immerhin etwas erheiternd, da sie mal wieder Rollenspiele veranstalteten, bei denen sie Kundenbesuche nachstellten.

Als das Seminar beendet war, ging er auf sein Zimmer. Zum Glück zahlte die Gesellschaft noch eine weitere Übernachtung, obwohl das Seminar bereits vorüber war. So fiel niemandem auf, dass er die Zeit für etwas anderes brauchte, als für seine Arbeit.

Er trug unauffällige Kleidung, ein hellbraunes Sakko, Bluejeans und ein hellblaues Hemd. Wieder einmal nahm er Umwege, um zu dem Keller zu gelangen. Es war noch Zeit sich umzuziehen, das hatte er eingeplant. Eine helle Jeans und ein grünes T-Shirt, das er aus einem Altkleidercontainer gefischt hatte, das war das Zeug, was er später verbrennen konnte, ohne dass seine Frau es bei der Wäsche vermisste.

Er überprüfte noch einmal alles auf seine Funktion und seinen Halt, dann ging er nach oben und wartete geduldig auf sein Date. Was für ein merkwürdiger Gedanke. Ein wenig später tauchte der Fremde dann auch auf.

»Hallo du, hatte schon Angst du hättest mich verarscht mit dem Date«, sagte der fremde Mann.

»Und warum bist du dann trotzdem hergekommen?«, fragte Herbert.

»So einen süßen Kerl trifft man nicht alle Tage. Da war ich neugierig!«

»Na gut, komm rein, hier draußen gibt es mir zu viele Zuschauer.«

»Klar, gehen wir.«

Der Mann folgte, ohne weiter Fragen zu stellen. Kaum war die Haustür hinter ihnen zugefallen, benutzte Herbert den selbstgebauten Elektroschocker. Vorher hatte er bereits Handschuhe angezogen, um keine Spuren zu hinterlassen. Im Haus trug er bereits bei der Vorbereitung Handschuhe. Er durfte später nur nicht vergessen, die Haustür von Fingerabdrücken zu befreien.

Der Typ war ganz schön schwer. Mit der Frau hatte er es leichter gehabt. Herbert dachte bereits jetzt daran, beim nächsten Opfer mehr auf das Gewicht zu achten.

Als er den Fremden endlich dort hatte, wo er ihn haben wollte, fesselte er die Arme und Beine mit den Seilen, die an der Wand befestigt waren. Zum Glück konnte er die Handfesseln dazu benutzen, den Mann aufzurichten. Als dies erledigt war, machte er ihm noch einen Knebel um und entfernte die Kleidung mit dem Messer. Der Elektroschocker war verlängerbar über Kabel. Diese konnte er noch mit anderen Sachen verbinden. Das eine Kabel wickelte er mehrmals um eine Schraubenmutter und führte es dem Kerl anal ein und das andere klebte er nach einigen Umwicklungen am Penis des Mannes fest.

Selber schuld, eigentlich wollte er die Elektroden an den Zehen befestigen, doch bei dieser Kennenlerngeschichte fand er das so viel amüsanter.

Der Schocker war so eingestellt, dass die Spannung selbstständig erhöht wurde und anfangs einmal die Minute einen Stromstoß abgab. Zuerst sollte es nur kribbeln, aber später verursachte der Stromschlag Verbrennungen an den Kontaktstellen der Kabel.

Die Mikrowelle war mit dem Tisch direkt vor seinem Bauch positioniert. Über eine Verlängerungsschnur konnte er sie jederzeit mit Strom versorgen, wenn ihm die Stromstöße zu langweilig wurden. Das Gerät hatte er auf volle Leistung gestellt und die Zeitschaltuhr außer Funktion gesetzt.

Es dauerte ganz schön lange, bis der Fremde das Bewusstsein wiedererlangte. Doch dann - endlich - versuchte der Fremde mit dem Knebel etwas zu sagen. Der Knebel hielt ihn allerdings davon ab, mehr als nur leise, unverständliche Geräusche von sich zu geben.

Nun war es Zeit den Elektroschocker sein Werk verrichten zu lassen. Die ersten Stöße schienen den Fremden eher noch zu erregen, denn er bekam einen Steifen. Nach einiger Zeit ejakulierte er sogar. Doch kurz darauf fing er an, sich vor Schmerzen zu winden.

Alex, so war sein Name, zweiundvierzig, Schnurrbart und kurze Haare, nicht gerade ein sportlicher Typ, wusste nicht, wie ihm geschah. Zuerst dachte er an ein SM-Spielchen, das er bereits mal erlebt hatte und das erregte ihn.

Als die Stromstöße jedoch nicht aufhörten und so schmerzhaft wurden, dass er es kaum noch aushielt, begann Panik in ihm auszubrechen.

Warum tat der Mann, der ihm auf der anderen Seite des Raumes gegenüber saß, ihm so etwas an?

Er versuchte sich zu befreien, oder wenigstens die Kabel los zu werden. Keine Chance, der Irre hatte gute Arbeit geleistet. Alles war festgeklebt und sein Hintern sogar mit Klebeband versiegelt. Selbst der Versuch das Kabel aus dem Arsch zu pressen half nicht.

Endlich waren die Stromstöße stark genug, ihn leiden zu lassen. Ein schöner Anblick, wie das Opfer an der Wand versuchte sich gegen das Unvermeidliche zu wehren.

Nach etwa zweieinhalb Stunden entschied Herbert, die Mikrowelle eine Weile laufen zu lassen. Die Schreie des Opfers wären bestimmt in ganz Hamburg zu hören gewesen, hätte er es nicht geknebelt.

Alex bekam nun zu den ständigen Schmerzen durch die Stromstöße noch ein warmes Gefühl im Bauch. Zuerst war es nicht schlimm, doch schon nach kurzer Zeit fühlte es sich an, als würde er von innen verbrennen. Der Schmerz war einfach schrecklich, am liebsten hätte er seinen Bauch aufgerissen und das, was auch immer dafür verantwortlich war, herausgeholt.

Herbert hörte mit der Mikrowellenbestrahlung jedoch auf, als er merkte, dass sein Opfer bereits innere Blutungen haben musste. Der Spaß sollte ja noch etwas dauern. Der Strom, der immer wieder durch den sich vor Schmerzen windenden Körper vor Herberts Augen floss, hatte mittlerweile die Spannung erreicht, die Verbrennungen an den Genitalien verursachte. Es roch nach verbranntem Fleisch und Qualm war auch zu sehen.

Der Mann an der Wand war langsam soweit, jegliche Hoffnung auf auch nur irgendetwas zu verlieren. Herbert schaltete die Mikrowelle erneut ein. Man konnte von seinem Platz aus fast sehen, wie die Innereien kochten und das Leben den fremden Körper verließ.

Nun war es also aus mit ihm, dachte Alex. Der Schmerz und das Feuer, welche in ihm brannten, waren so schrecklich, dass er nichts mehr wahrnahm. Sein Verstand schien ihn schützen zu wollen. Doch sein Ende war wohl nun unausweichlich. Egal wie er versuchte, sich alles schön zu reden. Sogar der Glaube an eine Rettung ging nun verloren. Seine Verletzungen würden ihn jede Sekunde töten. Seine letzten Gedanken galten seiner Schwester. Sie war alles, was er noch hatte.

Wie wird sie wohl damit fertig werden?

Dann war es aus.

Was für eine Schweinerei: Blut floss aus den Körperöffnungen des Fremden und seine Bauchdecke war aufgeplatzt. Herbert ging, soweit er nur konnte Richtung Ausgang, um sich umzuziehen.

Als er fertig war, verbrannte er wieder alles, was mit dem Mord zu tun hatte. Es war früh am Morgen, so gegen vier, als er zum Hotel zurückkam. Der Angestellte an der Rezeption schmunzelte und wünschte einen guten Morgen. Wahrscheinlich dachte er, Herbert hätte sich auf der Reeperbahn vergnügt. Großstädte waren toll, keiner stellte Fragen oder achtete auch nur auf andere. Alleine hier in Hamburg könnte er sein Spiel wahrscheinlich über Jahre treiben, ohne verdächtigt zu werden.

Nachdem er zwei Stunden geschlafen hatte, fuhr er nach Hause.

Der Verkehr in Hamburg war die Hölle,

es gab einen Feuerwehrgroßeinsatz in einer verlassenen Wohnsiedlung.

Wenig später wurde der Besitzer verdächtigt, den Fremden ermordet zu haben, weil er ihn dabei erwischte, Versicherungsbetrug zu begehen. Zum Glück konnte der Gerichtsmediziner aufgrund der verkohlten Leiche nicht feststellen, dass es schon vorher Verbrennungen durch Stromschläge und eine Mikrowelle gab.

Herbert war mit sich zufrieden. Als er daheim war, verbrachte er wie immer Zeit mit seinem Sohn.

Als dieser einschlief, sollte seine Frau allerdings eine ganz besondere Nacht erwarten. Er riss ihr förmlich die Kleidung vom Leib, so geil war er. Als sie nackt vor ihm stand, warf er sie aufs Bett. Sie lag nun vor ihm. Er kniete sich auf sie. Herbert saß auf ihrem Bauch. Mit einer Hand würgte er sie leicht, mit der anderen fingerte er sie. Das machte er so lange, bis er merkte, dass sie fast zum Orgasmus kam.

Nun drehte er sie auf den Bauch, zog seine Hose runter und rammte ihr seinen Schwanz in den Arsch. Mit seiner linken Hand zog er ihr an den Haaren, die rechte umschloss ihren Hals. So vögelte er sie bis zum Höhepunkt. Sie redeten die ganze Zeit kein Wort miteinander. Nur ihr Stöhnen war zu hören.

Als er fertig war, legte er sich auf seine Hälfte des Bettes und schlief. Sybille blieb noch eine Weile so liegen. Sie genoss das Gefühl, das ihr das Erlebnis beschert hatte. Herberts Sperma lief ihr aus dem Hintern auf das Bettlaken, doch das störte sie nicht. Heute wollte sie am liebsten so einschlafen. Sie war erschöpft und glücklich.

Die Leidenschaft, die Herbert heute dazu trieb seine Frau in die Bewusstlosigkeit zu vögeln, stammte noch von dem Erlebnis der letzten Nacht. Sie jedoch glaubte, dass er sie dieses Mal besonders vermisst hatte.

Eine lange Durststrecke sollte nun vor ihm liegen. Auch wenn es einfach gewesen wäre jemanden in seiner näheren Umgebung zu töten, es wäre zu auffällig. Niemand, den er tötete, durfte auch nur einen kleinen Kontakt zu ihm haben.

An den Wochenenden hatte sein Sohn einige Fußballspiele, bei denen er zusah. Unter der Woche hatte er genug mit seinem Versicherungsjob zu tun. Das nächste Mal, das seine Versicherung ihn einlud, war die Weihnachtsfeier und dabei war jetzt erst September.

Dazu kam, dass seine Familie ihn zu dieser Feier begleiten würde.

3. Die Zeit des Wartens

Herbert verbrachte die Zeit damit ein guter Nachbar, Ehemann und Vater zu sein.

Die Leidenschaft, die er durch seine Taten erlangte, sollte noch für Monate anhalten.

Es war auch schön, für seine Familie da sein zu können. Sein Sohn war großartig und seine Frau wunderschön und klug. Nachdem er sah, wie Menschen sich aufgaben, lernte er die Zeit mit seiner Familie mehr zu schätzen.

Die Weihnachtszeit rückte näher und er fuhr mit seiner Familie zuerst zur Weihnachtsfeier der Versicherung.

Er bekam dort dieses Jahr sogar einen Bonus. Er hatte den größten Umsatz in der Sparte Lebensversicherung in seiner Direktion.

»Hallo Herbert, schön dass Sie und Ihre Familie kommen konnten«, begrüßte ihn der Regionaldirektor.

»Guten Abend, Wolfgang, das hat sich so

ergeben. Wir wollen von hieraus gleich durchfahren. Nach Gelsenkirchen, zu meiner Mutter.«

»Guten Abend, Herr Meyer«, sagte Sybille und begab sich zu ihrem Tisch.

Joshua sagte nur »Tag« und folgte seiner Mutter.

»Gehen Sie doch auch schon mal an ihren Platz, ich werde Sie dann später noch nach vorne bitten. Haben Sie eine kleine Rede vorbereitet?« wollte Wolfgang wissen.

»Ja, alles vorbereitet«, mit diesen Worten ging auch Herbert zu seinem Tisch.

Es war eine tolle Feier. Das Essen war großartig. Die Curtalis Versicherung ließ sich nicht lumpen. Zu seinem Bonus über fünfhundert Euro gab es sogar noch eine Flasche Wein.

Danach ging es zurück in ihre alte Heimat nach Gelsenkirchen. Dort hatten sie sich kennengelernt. Beide kamen aus Familien, die im Bergwerk tätig waren. Kohle war das große Geschäft hier in der Gegend. Die Zechen, in denen ihre Väter tätig waren, gingen jedoch schon vor Jahren pleite.

Heute war ein Großteil der Leute in ihrem

Viertel arbeitslos. Als Sybille schwanger wurde, zogen sie weg aus der Stadt. Ihr Sohn sollte in einer schöneren Gegend aufwachsen als hier.

Gelsenkirchen war mittlerweile noch mehr runtergekommen als damals, es wohnten viele Ausländer in ihrer Gegend und die Gebäude wurden schon seit Jahren nicht mehr saniert, doch Herberts Mutter wollte hier nicht weg. Sie war schon über achtzig und hatte die meisten ihrer Freundinnen und Freunde überlebt. Ihr Mann starb an einer Staublunge, das Bergwerk schob es jedoch auf das Rauchen und auf unsachgemäßen Umgang mit der Schutzausrüstung.

Herberts Mutter Gisela bekam eine kleine Rente, von der sie kaum leben konnte. Sein Geld wollte sie jedoch nie annehmen. Das Einzige, was ihr blieb, war ihr Kirchenkreis, den sie besuchte. Joshua freute sich wie immer riesig auf seine Oma. Sie war für ihn die beste Oma der Welt.

Kaum angekommen stürmte der Junge los. »Oma, wir sind da«, rief er.

Aus einem gekippten Fenster im ersten Stock kam ein leises »Ich komme, mein Enkel.«

An der Tür umarmte Joshua seine Oma.
Sie durfte ihm sogar noch einen Kuss auf
die Wange geben.

»Hallo mein Sohn«, sagte sie zu Herbert.

Der nahm seine Mutter ebenfalls in den
Arm und gab ihr einen Kuss auf die Wange.

Sybille umarmte ihre Schwiegermutter
ebenfalls, »Hallo Gisela« begrüßte sie die
alte Frau.

»Hallo mein Schatz«, kam von Oma Gisela
zurück »kommt erst einmal rein. Es ist
verdammt kalt geworden«

Kaum waren sie im Wohnzimmer angekommen, gab es erst einmal was Warmes
zu trinken. Auch wenn es schon fast zwei
Uhr morgens war, redeten sie noch eine
ganze Weile.

Herbert zog am nächsten Vormittag los,
um einen Weihnachtsbaum zu kaufen,
sein Sohn begleitete ihn.

»Na, was für einen Baum sollen wir holen? Einen Großen, der bis zur Decke
reicht? Oder lieber einen Kleinen?« fragte
Herbert seinen Sohn.

Der war jedoch mehr mit seinem Nintendo beschäftigt und sagte nur »Du machst
das schon, Dad.«

Es gab einige Stände vor den Supermärk-
ten. Es dauerte zwei Stunden, ehe sie den
perfekten Baum gefunden hatten - auch
wenn es Joshua egal war. Herbert wollte
einen für ihn perfekten Baum.

Sie redeten kaum, bis sie wieder bei seiner Mutter waren. Die Zeit bei ihr genoss
Herbert. Er konnte hier abschalten und
dachte nicht einmal mehr daran, wie er
die nächst Tat wohl begehen würde.

Heiligabend gingen sie in die Kirche. Herberts Mutter bestand darauf. Danach gab
es die Geschenke. Joshua glaubte nicht
mehr an den Weihnachtsmann. Er hatte
seine Eltern vor zwei Jahren dabei erwischt, wie sie die Geschenke unter den
Baum gelegt hatten. So war es kein Problem die Bescherung nach dem Gottes-
dienst vorzubereiten. Joshua bekam ein
neues Spiel für den Nintendo, etwas Geld
und ein Buch von seiner Oma. Das Buch
schien überflüssig gewesen zu sein. Das
neue Spiel wurde sofort in den Nintendo
gesteckt,

nachdem er sich bedankt hatte. Bis Silvester war nicht mehr viel von ihm zu hö-

ren. Sybille bekam Schmuck und einen Gutschein für ein Spa-Wochenende. Herbert bekam eine neue Krawatte und ein Parfum. Gisela bekam ein tolles Familienfoto von den Dreien und etwas Dekokram, den sie sammelte.

Silvester war ebenfalls sehr schön. Er liebte es, ein riesiges Feuerwerk für seinen Sohn abzubrennen. Dessen Augen beobachteten ihn dann immer mit großer Bewunderung. Sybille kam kurz vor Mitternacht zu ihm. Sie nahm Herbert in den Arm und küsste ihn. Es fühlte sich an wie damals, bevor alles so normal und langweilig wurde.

»Fröhliches neues Jahr, mein Schatz«, flüsterte sie ihm ins Ohr

»Fröhliches neues Jahr«, antwortete er ihr.

Die Zeit hier war einfach toll. Doch am nächsten Morgen sollte es wieder nach Leer gehen. Zurück in sein langweiliges Leben als Versicherungsvertreter. Das Einzige, was ihn bei diesem Gedanken erfreute war, dass er seine nächste Tat vorbereiten konnte. Es sollte noch interessanter für ihn werden,

vielleicht etwas das ihm mehr Zeit mit

seinem Opfer gab.

Einige neue Ideen kamen ihm in den Sinn, als er nach den Feiertagen wieder im Büro saß. Er schaute in den Veranstaltungskalender seiner Versicherung. Es gab erst im März wieder Seminare, die für ihn in Frage kamen.

Er überlegte zuerst, ob er nicht einfach ein Seminar erfinden sollte.

Was jedoch, wenn Sybille dahinter kam? Zum Beispiel, weil ein Kollege ihn sprechen wollte oder sie versuchte, ihn im Hotel zu erreichen?

Nein, das Risiko war zu groß. Herbert übte sich in Geduld und je länger es dauerte, desto grausamer wurden seine Fantasien.

4. Endlich, es geht weiter

Es war Anfang März, noch nicht richtig Frühling, jedoch hatte die Kälte bereits nachgelassen. Das meiste, was er für das Seminar in dieser Woche brauchte, hatte er wie immer im Baumarkt besorgt. Ein Seil zum Fesseln, einige Wandhaken, die er mit Dübeln im Boden festmachen würde und ein Bastelmesser, das war scharf und präzise. Eine Kleinigkeit fehlte noch, allerdings musste er diese Besorgung vor Ort erledigen.

Das Seminar fand in Bad Bramstedt statt, einem Ort in Schleswig Holstein. Er fuhr früh morgens los, so konnte er seine Besorgung noch vor dem Eintreffen im Hotel machen. Die Fahrt war ereignislos und das, womit er sein neues Opfer überraschen würde, holte er jetzt.

Er hielt vor einem Haus in einer ländlichen Gegend nahe Bad Bramstedt. Das Haus war etwas heruntergekommen. Durch die verschlossene Eingangstür drang ein beißender Geruch - eindeutig Tierfäkalien.

Das Grundstück sah bereits sehr nach Messie aus.

Er klopfte an der Tür, denn die Klingel hatte auch schon einmal bessere Zeiten gesehen. Nach kurzer Zeit ging die Tür auf. Eine Frau, die sehr fettige Haare hatte und aussah wie die Hexe bei Hänsel und Gretel, öffnete ihm.

Sie war in einen zu kurzen Bademantel gehüllt und fragte: »Was wollen sie?«

»Ich bin Sven Hansen, ich hatte angerufen.«

»Ach ja, die Kiste steht dort drüben. Es sind acht Stück. Geben Sie mir fünfzig Euro und sie gehören ihnen.«

»Na gut, hier Ihr Geld. Dann auf Wiedersehen«

»Ja, tschüss«, sagte sie noch und ließ ihn ohne ein weiteres Wort mit der Ware verschwinden.

Was man nicht alles bekommt, wenn man nur genug dafür bezahlt. Als Ort für die neue Tat hatte er ein verlassenes Firmengelände bei Neumünster ausfindig gemacht. Dort schaute er sich nun um. Den Karton mit seiner Überraschung deponierte er in einer Ecke im hintersten Kellerraum des Gebäudes.

Das sollte später auch der Tatort werden. Er bereitete alles vor, um sein neues Opfer später auf dem Fußboden zu fixieren. Dann überprüfte er noch einmal den Halt der Seile und den Inhalt seines Kartons und ging.

Im Hotel war alles wie immer: Erster Tag Anreise, zweiter Tag Seminarveranstaltungen und dann noch eine Nacht, damit die Teilnehmer nicht zu übermüdet nach Hause fuhren.

Er ging auf sein Zimmer und packte erst einmal seine Sachen aus. Sein Opfer würde er heute Abend suchen. So konnte die Person sich noch bis morgen Hoffnung machen, nur entführt worden zu sein. Vielleicht sogar zu fliehen versuchen.

Hoffnung war seltsam, nicht mit klarem Verstand zu verstehen. Hoffnung brachte die Menschen dazu, Dinge zu versuchen, die mit klarem Verstand niemals versucht worden wären, es war ja meistens auch unmöglich. Seine ersten zwei Opfer hofften auch - bis kurz vor ihrem Tod - gerettet zu werden. Sie wanden sich und versuchten zu schreien. Das half jedoch nichts und war für ihn nur Teil seines Vergnügens. Herbert gab zu: Er wäre auch ein wenig traurig gewesen, hätten sie früher aufgegeben.

Nach der Begrüßungsrunde, die etwa eine Stunde dauerte, zog er los. Er fuhr nach Neumünster, das Auto parkte er etwa drei Kilometer entfernt vom Firmengelände.

Auf dem Weg zum neuen Tatort sah er sich um. Es war bereits nach einundzwanzig Uhr. Einige Autos fuhren noch durch die Gegend, Fußgänger jedoch waren kaum unterwegs. Kurz vor dem Firmengelände kam ihm plötzlich eine junge Frau auf einem Fahrrad entgegen.

»Glück muss man haben«, dachte er sich. Er tat erst so, als würde er die Frau nicht sehen und nutzte die Zeit sich zu vergewissern, dass ihn niemand beobachtete. Kurz bevor sie an ihm vorbei fuhr, stellte er sich mit dem Rücken zu ihr genau in den Fahrweg.

Julia dachte sich: »Was für ein Idiot.« - als sie mit dem Fahrrad hinfiel. Der Mann hatte sich nicht einmal zu ihr umgedreht und stand plötzlich direkt vor ihrem Fahrrad.

Julia war Lohnbuchhalterin bei einem Autohändler, hier im Industriegebiet. In zwei Tagen wollte das Finanzamt die Bücher prüfen, deshalb machte sie noch Überstunden.

Sie war zweiundzwanzig, einen Meter fünfundsechzig groß, hatte schulterlanges braunes Haar und blaue Augen. Sie hatte eine tolle Figur, obwohl sie ein paar Kilos zu viel laut ihrer Waage hatte, fand sie sich großartig.

Herbert fand das auch.

Er half ihr auf: »Tut mir leid, junge Frau, ich habe Sie nicht gesehen. Ist alles in Ordnung?«

»Ist schon gut, können Sie mir bitte aufhelfen? Mein rechtes Knie tut mir weh. Ich glaube, ich muss in ein Krankenhaus.« Die Tränen standen ihr in den Augen.

Das Knie blutete bereits durch die Jeans. Sie fischte in ihrer Handtasche nach ihrem Handy. Oh nein, es lag wohl noch auf dem Tisch im Büro, wo sie es zum Aufladen hinlegte.

»Können Sie bitte einen Krankenwagen rufen? Ich habe leider kein Handy dabei.« Perfekt dachte Herbert.

»Klar, kein Problem. Kann ich sonst noch

etwas für Sie tun?«

Er half ihr auf und tat so, als würde er sein Telefon suchen. Er hatte natürlich keins dabei. In dem Augenblick, als sie ihm den Rücken zukehrte, packte er sie und hielt ihr Mund und Nase zu. Sie strampelte voller Panik und versuchte sogar ihn zu beißen. Herbert hielt sie jedoch so fest, dass das zierliche junge Ding ihm nichts anhaben konnte.

Auf dem Weg zum verlassenen Firmengelände sah ihn zum Glück keiner, wie er sie über der Schulter trug. Im Kellerraum des Gebäudes zog er sie aus und fesselte sie. Es gab keine Fenster und eine Brandschutztür aus massivem Eisen war der einzige Ausgang.

Der Raum war leer, bis auf die Kiste die in der Ecke stand. In der Kiste waren kleine Löcher. Er knebelte die Frau noch, bevor er ging. Die Augen brauchte er nicht zu verbinden. Sie sollte ihn sehen, wenn er sich an sein Werk machte.

Die Tür ging nach außen auf, so konnte er sie gut mit allem verbarrikadieren, was er in den anderen Kellerräumen so fand. Als er fertig war, ging er zum Hotel zurück. Es war bereits sehr spät und er wollte erst einmal schlafen. Morgen würde ein langer Tag werden.

Das Seminar war wie immer: Ihre Versicherung war die beste der Welt. Bla, bla, bla, ... Unglaublich, manchmal hatte er das Gefühl, die Leute würden den Mist auch noch glauben.

Es gab einige wenige Änderungen in den Sachsparten und die Provision für die fondsgebundene Lebensversicherung wurde nun anders berechnet.

Um achtzehn Uhr war endlich alles vorbei. Ein wenig Schlaf brauchte er jetzt, bevor er sich ans Werk machen konnte. Heute würde er zum ersten Mal einem Opfer mit seinen eigenen Händen Schmerz und Qual zufügen.

Julia wachte auf, ohne zu wissen wo sie war und wie sie dort hinkam. Ihr war kalt und die Kleidung fehlte.

»Was für ein Perverser hatte sie da in seine Finger bekommen?«

»Wollte er sie etwa vergewaltigen?«

Sie hatte schon davon gehört, dass Frauen überfallen und vergewaltigt werden.

Sie jedoch war in einem dunklen Raum auf einen harten Boden gefesselt. Sie weinte und hatte panische Angst. Im Raum hörte sie ein leises Kratzen und komische Geräusche. Sie wollte losschreien, doch der Knebel verhinderte es. Bewegen war durch die Fesseln auch völlig unmöglich.

Die Versuche sich zu befreien führten dazu, dass die Fesseln in ihre Haut schnitten.

Was würde nur geschehen?

Sollte sie bald vergewaltigt werden?

Was auch immer der Perverse mit ihr vorhatte, sie hoffte, dass es schnell vorüberging.

Zurück auf dem verlassenen Gelände räumte Herbert die Tür frei, die zu seinem Opfer führte. Er machte das Licht an. Es war alles so, wie er es hinterlassen hatte.

Sie lag da, zitternd und Tränen rannen über ihr Gesicht. Sie sah ihn an, als würde sie eine Antwort für das alles hier erwarten.

»Ist schon gut, bald wird alles vorbei sein«, sagte er.

Das löste eine Panikattacke bei ihr aus. Er schaute ihr etwa dreißig bis vierzig Minuten zu, wie sie sich auf dem Boden wand und versuchte zu entkommen. Es war schön anzusehen. Ihr nackter Körper war makellos und ihre Brüste jung und straff. Die Brustwarzen waren durch die Kälte hart und ihre rasierte Muschi lud ihn förmlich ein. Sie gefiel ihm. Kurz überlegte er, sich an ihr zu vergehen, entschied sich jedoch dagegen. Zu viele Spuren, die er hinterlassen könnte.

Er nahm ein Skalpell und ging zu ihr rüber. Sie wurde nun rasend vor Panik.

»Keine Angst ich töte dich nicht mit dem Messer«, diese Worte schienen beruhigend zu wirken.

Dabei sagte er nur, dass er sie nicht mit dem Messer töten würde. Zuerst begann er, kleine Schnitte in ihre Haut zu machen. Nicht zu tief - nur so, dass es leicht blutete.

Sie wollte sich wehren, hatte aber zu viel Angst, dass der Irre dann nur noch tiefer schneiden würde.

Herbert genoss es. Sie lag da - völlig hilflos - und Blut lief ihr über ihre Schenkel

und ihre Brüste. Das erregte Herbert
noch mehr.

Julia hatte eine schöne Vagina mit leicht
hervorstehenden Schamlippen. Diese
nahm er nun zwischen seine Finger. Sie
glaubte, jetzt würde die Vergewaltigung
beginnen, doch das war nicht, was er vorhatte.

Mit einem schnell ausgeführten Schnitt
entfernte er ihr die äußeren Schamlippen.

Sie wurde richtig wild vor Schmerz. Herbert genoss den Anblick ihrer weit aufge-
rissenen Augen, die zu flehen schienen,
dass der Schmerz aufhörte.

Leidend und blutend ließ er sie eine Weile
liegen. Es war toll ihr zuzusehen. Wie sie
versuchte zu schreien und sich immer
wieder vor Schmerz aufbäumte.

Sie bäumte sich auf, als er begann ihre
Bauchdecke zu öffnen. Leider wurde sie
mittendrin bewusstlos. Es dauerte eine
ganze Weile, bis sein Opfer sich wieder
vor Schmerzen krümmte. Ihre Augen waren weit aufgerissen.

Zum Glück blutete der Bauch nicht zu

stark. Einige ihrer Darmschlingen lagen frei, sie wurden von ihm herausgeholt, als sie noch ohnmächtig war.

Julia hatte irre Schmerzen. Der gesamte Bauch schmerzte, als hätte er sie mit dem Messer komplett ausgeweidet. Aber sie wusste, dass es nicht möglich war, denn dann wäre sie wahrscheinlich nicht mehr aufgewacht.

»Was hatte der Irre mit ihr vor?«

»Warum war sie noch am Leben?«

»Der Typ musste echt gestört sein!«

Ein Geräusch im Obergeschoss unterbrach Herbert dabei, das Leiden zu genießen. Sofort verschloss er die Tür von innen. Hoffentlich wollte niemand hier rein.

Es waren Stimmen zu hören und zwischendurch Gelächter. Das waren scheinbar Jugendliche, die einen Platz zum Abhängen brauchten. Vielleicht fanden sie es auch nur lustig, hier einige Sachen kaputtzumachen.

Die Stimmen kamen näher.

Was sollte er nur tun, falls sie die Tür öffneten?

Die Antwort war klar. Er nahm sein Messer in die Hand und wartete ab.

Zum Glück wurden die Stimmen bald leiser. Nach einer Stunde war nichts mehr zu hören. Herbert musste erst einmal sichergehen, dass sie wieder alleine waren. Dann konnte er den Rest der Nacht mit ihr genießen.

Er nahm sich zehn Minuten Zeit, um alles zu prüfen. Danach kam er zurück. Sie lag immer noch da. Zitternd und bebend vor Schmerzen und Tränen im Gesicht. Ihr geöffneter, von Blut überströmter Körper war reine Kunst. Es war einfach herrlich.

Eine große Kiste nutzte Herbert im Türrahmen, um den Raum zu versperren. Sie war klein genug, dass er noch drüber steigen konnte. Im Raum mit seinem Opfer öffnete er seine Überraschung. Kleine Kätzchen liefen nun umher. Mit ihren kleinen spitzen Krallen liefen sie über sein Opfer.

Julia hatte so gehofft, dass Herbert erwischt wird.

Wer auch immer da war hätte sie retten können.

»Warum nur wurde sie nicht erlöst?«

»Der Typ musste völlig durchgedreht sein.«, er ließ nun kleine süße Kätzchen im Raum umherlaufen.

Am liebsten hätte sie diese Kätzchen bereits nach kurzer Zeit selbst getötet. Sie bäumte sich mit aller Kraft auf. Die Kätzchen sollten verschwinden. Ihre Krallen schmerzten, besonders wenn sie in die Nähe ihrer Wunden kamen. Soweit hatte er sie jetzt, sie würde kleine Kätzchen töten.

Das sollte das Letzte sein, an das sie dachte.

Herbert genoss, was er sah. Sein Opfer wurde noch einmal richtig wild. Sie kämpfte gegen das, was mit ihr geschehen sollte. Es dauerte ihm allerdings schon fast zu lange. Die Kätzchen mieden die Wunde seines Opfers zuerst. Doch schließlich, als sie still da lag und jeden Lebenswillen verlor, fing es an.

Dann begannen sie sich, von den Innereien der Kleinen zu ernähren. Zuerst ein vorsichtiges Lecken, doch dann ein Nagen. Später war es ein Festschmaus für die Kätzchen.

Herbert war nicht sicher, ob sie wirklich schon tot war. Allerdings konnte er auch nicht länger warten. Es würde bestimmt einige Zeit dauern, bis sie gefunden wird.

Die Sachen verbrannte er diesmal vorsichtiger. Ein Feuerteufel war er nicht. Als alles erledigt war, ging er zum Hotel zurück. Eine Stunde nach seiner Ankunft musste er auch schon wieder los.

Die Rückfahrt war wie eh und je. Nichts Besonderes. Zu Hause angekommen machte er dasselbe wie immer.

Es dauerte eine Woche, bis er plötzlich einen Artikel auf der Titelseite der Zeitung sah. Es ging um einen grausamen Todesfall. Seinen Mord! Die Art, die er benutzte um zu töten, widerte scheinbar die Nation an. Alle Medien berichteten von dem grausamen Fund auf einem Firmengelände in Neumünster. Die Polizei hatte, laut Berichten, keine Spur, die zum Täter führte. Herbert hoffte so sehr, dass das stimmte. So viel Aufmerksamkeit hatte er sich nicht gewünscht.

Daran hatte er einfach nicht gedacht. Die Medien waren schon immer hinter der schlimmsten Story her. Jetzt war es seine! Zum Glück hatten die Kätzchen gute Arbeit geleistet. Die Schnittwunden waren scheinbar nicht entdeckt worden. Die Berichte erzählten alle von einer versuchten Vergewaltigung mit grausamem Ende. Vermutet wurde, dass der eigentliche Plan war sie zu vergewaltigen. Als der Täter sie zu grob ran nahm, starb sie. Der Vergewaltiger soll sie danach einfach ihrem Schicksal überlassen haben.

Es gab auch eine Theorie, dass sie sich zu stark gewehrt hatte und erstochen wurde. Ein Messer lag in einer Tonne mit verbrannten Sachen. Die Medien machten alle Panik, weil eine Frau nackt gefesselt wurde und sich keiner darum scherte, was mit ihr geschah.

Die Wahrheit wäre wohl eine noch größere Schlagzeile geworden. Niemand wollte glauben, dass sie noch lebte, als die Kätzchen anfingen, sie zu fressen.

Es gab eine große Beerdigung. Die Anteilnahme war unglaublich. Sogar Blumen wurden auf dem Firmengelände hinterlegt.

Was für eine Heuchelei. Zuerst interessieren sich die Menschen kaum füreinander, dann aber passiert jemandem etwas und alle waren mit ihr oder ihm befreundet. Hauptsache sie kamen ins Fernsehen oder in die Zeitung.

Die Schlimmsten von allen waren aber die Aktivisten. Sie gründeten Gesellschaften und trieben Spenden auf. Angeblich zur Unterstützung der Familien oder um weitere Opfer zu vermeiden. Das alles war jedoch nur, um ihre eigenen Taschen mit Geld zu füllen.

Solche Leute würden wahrscheinlich sogar selbst eine Krankheit erfinden oder so etwas, nur um hinterher eine Gruppe dagegen zu gründen.

5. Die Angst

Herbert gefiel es gar nicht, berühmt zu sein. Immer wenn es klingelte oder ein Polizeiauto an ihm vorbei fuhr, überkam ihn die Angst.

Sicher, Spuren hatte er keine hinterlassen.

»Aber was, wenn er gesehen wurde?«

Schließlich waren da ja die Jugendlichen, die in gestört hatten.

Auffallen war jetzt das Falsche, also machte er weiter wie bisher. Er fuhr sogar zu einem Seminar, ohne auch nur das Geringste dafür zu planen. Ein weiterer Mord würde zu auffällig sein. - »Sollten sie ihn beobachten, weil sie einen Verdacht hatten?«

Es verstrichen die Monate des Wartens und der Sommer war da. Seine Familie plante schon lange eine Reise.

Zwei Wochen Urlaub würde allen gut tun. In einem anderen Land war eine Verhaftung auch unwahrscheinlicher.

Die Koffer wurden gepackt und sie fuhren zum Flughafen. Mexiko war ihr Ziel. Im Flieger freuten sie sich schon auf den Urlaub.

»Und was habt ihr so vor? Ich werde mich richtig verwöhnen. Das Spa- Angebot des Hotels ist super. Ich habe bereits online alles gebucht. Massagen Peeling und alles andere, das Frau für sich tun kann, um zu entspannen und gut auszusehen!«, fragte seine Frau.

»Ich werde am Pool rumhängen. Dazu habt ihr mich ja wahrscheinlich auch wieder an die Animateure verkauft - wie letztes Jahr.«, sagte Joshua.

»Sei nicht so frech zu deiner Mutter! - Ich werde viel spazieren gehen, den Kopf frei kriegen«, war Herberts Antwort.

In Mexiko allerdings wurde es erst einmal stressig. Sie sprachen alle kein Spanisch und mit Englisch konnte ihr Taxifahrer auch nicht viel anfangen. Zum Glück landeten sie nach vielen Diskussionen und einer langen Fahrt in ihrem Hotel.

Die ersten Nächte waren ruhig und die Tage erholsam. Joshua fand einige Freunde im Hotel, mit denen er die meiste Zeit verbrachte.

Sogar das Animationsprogramm machte ihm Spaß.

Eines Nachts war plötzlich Tumult im Flur vor Ihrem Zimmer.

Ein Klopfen. »Policia!«, wurde gerufen.

Herbert machte fast ins Bett vor Angst.

Seine Frau wunderte sich: »Was ist denn los? Und was soll der Krach?«

Herbert fehlten die Worte. Dann ein lautes Krachen. Die Tür zum Nachbarzimmer schien eingetreten worden zu sein.

Ein Stein fiel Herbert vom Herzen, als er mit anhörte, wie die Polizei von Mexiko jemanden im Nebenzimmer verhaftete. Am nächsten Morgen entschuldigte sich die Hotelleitung bei allen Gästen und spendierte einige Getränke.

Es war wohl ein Angehöriger des Drogenkartells, der verhaftet wurde. Zu Herberts Erleichterung trug die Tatsache bei, dass seine Frau keine Fragen mehr stellte warum er so seltsam war in der Nacht.

Herbert brauchte erst einmal Zeit für sich. Seine Frau war zu seiner Freude durch das Spa-Angebot des Hotels abgelenkt, so konnte er den Tag allein an Strand verbringen. Seine Gedanken kreisten immer wieder um die Tat, die er zu auffällig begangen hatte. Das durfte nicht noch einmal geschehen! Seine Leichen musste er von nun an entsorgen. Dies änderte in Zukunft auch die Wahl seiner Tatorte.

Die Leiche durch die halbe Stadt zu transportieren, würde sicher auch nicht besser sein. So entschied er Orte zu wählen, die auch zur Entsorgung taugten.

Bei seinem Spaziergang fiel ihm auf, dass sein Hotel ziemlich dicht an einem Elendsviertel gelegen war. Das bedeutete Opfer, die keiner vermisste. Herbert überlegte, wie er sich das zu Nutze machen konnte.

Nachts konnte er nicht herkommen. Das war auch für ihn zu gefährlich und seine Frau war auch nur tagsüber abgelenkt.

Ein Einbruch von einem Weißen würde sicher auch sofort bemerkt. In dem Viertel würde er auffallen, wie ein bunter Hund. Nein, das war nicht die Lösung.

Eine Prostituierte war auch ein zu großes Risiko. Die Zeiten von Jack the Ripper waren vorbei. Der Zuhälter würde ihn wahrscheinlich schneller erledigen als er sie.

Schuhputzjungen und dergleichen fielen auch aus. Kinder waren ein Tabu. Aber er musste was unternehmen, um sich abzulenken. Seine Stärke und Ruhe zurückgewinnen.

»Warum nicht etwas Größeres?«

Ihm fiel ein, dass er nicht bis zum Viertel gehen musste. Eine Attrappe und eine Mischung aus Chlorreiniger und Essigreiniger würden reichen.

Aber wie würde er sich vor dem Gemisch schützen?

Seine Idee war einfach. Er füllte eine alte Glühbirne mit Chlorreiniger und nutzte Knetmasse als Stopfen. Das packte er in einen Beutel mit dem Essigreiniger. Den Beutel klebte er oben zu. Das gesamte Ding war etwa so groß wie ein Fußball. Als solches tarnte er es dann auch. Er zerschnitt einen Fußball und füllte ihn mit dem tödlichen Gemisch. Nun legte er den Ball einfach an den Strand, wo ihn jeder nehmen konnte.

Dieses eine Mal musste er das Risiko eingehen, dass auch Kinder unter seinen Opfern sind. Zu warten, bis sie wieder zu Hause in Deutschland waren, hielt er nicht aus. Eine andere Möglichkeit hier unbemerkt etwas zu unternehmen sah er auch nicht.

Früh morgens war noch kein Mensch am Strand. Er platzierte den Ball weit genug von den Bereichen entfernt, wo sich Touristen herumtrieben.

Es durfte nur Einheimische aus der Unterschicht treffen, ansonsten würde die Polizei alles auf den Kopf stellen. Tote Mexikaner - meist Bandenkrieg. Tote Touristen würden bestimmt Terroralarm auslösen.

Nun konnte er nur noch aus der Ferne beobachten.

Ein Bad im Meer war angenehm und von dort konnte er alles beobachten. Eine Gruppe von Jugendlichen kam am Ball vorbei.

»Leute, seht mal, ein Fußball. Mein kleiner Bruder wünscht sich doch schon lange einen«, sagte einer der Jugendlichen.

»Dann nimm ihn mit. Scheint ja niemandem zu gehören.

Zumindest keinem, der uns zusieht«, sagte ein anderer.

Also nahmen sie den Ball mit.

Sie nahmen ihn mit, aber spielten nicht damit. Hatten sie etwas bemerkt?

Schade sein Plan ging nicht auf. Also ging er wieder ins Hotel zurück.

Etwas später im Elendsviertel:

Die Jungen kamen nach Hause und gingen ins große Zimmer des Hauses, in dem sie wohnten. Hier verbrachte die Familie den ganzen Tag zusammen. In einer Nische wurde gekocht, und in der Mitte stand ein Tisch mit Sofas und Sesseln drum herum. Dort saßen zwei Kinder, die gerade dabei waren etwas auszumalen.

»Hey kleiner Bruder, sieh mal was wir am Strand gefunden haben.«

Der Junge warf den Ball zu seinem kleinen Bruder. Dieser war durch das Malen aber noch so abgelenkt, dass er den Ball nicht fangen konnte.

Dieser knallte ihm gegen den Kopf und dann zu Boden.

»Ey, Mann«, schimpfte der Junge.

Danach platzte der Ball plötzlich auf. Eine merkwürdig stinkende Flüssigkeit trat aus. Dem kleinen Jungen, der den Ball an den Kopf bekam, lief nun die Brühe über die Füße, die in dem Ball war.

Sofort bildeten sich Blasen auf seiner Haut und er begann zuschreien. Dies dauerte allerdings nicht allzu lange, denn die Dämpfe zerstörten bereits seine Bronchien.

Sein Freund, der mit ihm gemalt hatte, schrie zuerst auch und bekam nach kurzer Zeit ebenfalls keine Luft mehr.

Der ältere Junge stürmte sofort zu ihm und zog ihn aus dem Haus. Der Vater der beiden nahm den anderen Jungen mit.

Das Haus war schnell geräumt. Auf der Straße bildete sich eine Menschentraube um die Familie, die um das Leben der kleinen Jungen kämpfte. Der ältere Bruder und sein Vater sackten ebenfalls auf der Straße zusammen, nachdem sie versucht hatten die Jungen wiederzubeleben. Die Mutter und die Schwestern der Kinder weinten und waren völlig verzweifelt.

Nachdem die Menge sah, was mit den beiden Männern geschah, die versucht hatten die Kinder wiederzubeleben, machten sie etwas mehr Platz. Niemand wollte sich zu nah heran wagen. Zum Glück kam es nicht zu einer Panik.

Es dauerte ewig, bis ein Krankenwagen eintraf. Da waren die kleinen Jungen bereits tot. Der größere Junge und sein Vater kamen ins Krankenhaus. Sie sollten nie wieder richtig gesund werden.

Herberts Urlaub neigte sich dem Ende zu. Die Fußballaktion war ohne sichtlichen Erfolg. Jedoch dachte er jetzt nicht mehr an die Gefahr erwischt zu werden.

In Leer lief alles wie immer - netter Nachbar, Versicherungsvertreter Ehemann und Vater.

Am Wochenende nach ihrer Rückkehr gab es einen Grillabend bei Hans und Claudia, zu dem sie eingeladen waren. Am Tisch kam dann das Gespräch auf ihren Urlaub in Mexiko. Die Frauen tauschten sich zuerst über das breite Spektrum des Spa-Angebotes aus.

Dann sagte Hans etwas Interessantes »Als ihr in Mexiko wart, habe ich etwas im Internet gelesen. Es soll dort einen Anschlag mit Senfgas gegeben haben. In einem Viertel, in dem ein Drogenkartell seine Labors hat. Es wird vermutet, dass ein Krieg zwischen zwei Kartellen daran schuld ist. In einem Fußball war die tödliche Ladung versteckt. Es gab zwei Tote und drei Schwerverletzte. Habt ihr davon etwas mitbekommen?«

Kurzes Schweigen, dann sagte Sybille etwas, »Das ist ja schrecklich. Wo genau war das denn?«

»Etwa fünf Kilometer von eurem Hotel entfernt. Den Namen der Gegend habe ich vergessen.«

Herbert war nun an der Reihe Entsetzen zu heucheln: »Das ist ja schrecklich! Wir haben zum Glück nichts davon mitbekommen.«

Es gab noch einige Wortwechsel darüber, wie schlimm das alles war und dass man sich besser nach anderen Urlaubszielen umsah.

Die Verhaftung im Hotel war auch noch eine gute Geschichte. Dann wurde wieder über den normalen Alltag geredet. Seine Frau beschwerte sich über seine dauernde Abwesenheit, er war oft im Büro oder auf Seminaren. Alles in allem war wie immer.

6. Ein neuer Plan

»Wie sollte es weitergehen?« Herbert war wieder in Deutschland. Während seiner Arbeitszeit dachte er viel darüber nach. Es durfte so einen Medienrummel nie mehr geben, wie nach seiner letzten Tat vor dem Urlaub. Es wurde ihm auch zu nervig, immer auf ein Seminar warten zu müssen. Er brauchte einen Platz hier in der Nähe, wo er ungestört seinem Hobby nachgehen konnte.

Er nutzte Google Earth, um sich seine Umgebung näher zu betrachten. Vielleicht würde er so einen Platz entdecken, an dem er ungestört war. Dazu kam noch das Problem der Entsorgung seiner Opfer. Er beschäftigte sich wochenlang damit.

Ganz zufällig kam ihm da eine Idee. Er fuhr gerade mit dem Auto zu einem Kunden. Da sah er aus dem Fenster seines Wagens den Hafen.

Ein kleines Boot wäre nicht schlecht. Nach seinem Termin nutzte er abermals das Internet. Dieses Mal schaute er in die

Kleinanzeigen. Es dauerte eine Weile, bis er ein Boot fand, das seinen Ansprüchen genügte und das er sich leisten konnte.

In der Anzeige stand Folgendes:

Wohnschiff/Hausboot/Motorboot 9m x 3,50m

Großräumiges Hausboot, Salon, Küchenzeile, Schränke/Regale. 2 Eingänge (vorn + Sonnendeck), Heckkabine mit 3 Kojen, großzügige Nasszelle mit Warmwasserdusche, WC und Handwaschbecken

Ausstattung: Vierflammeinbauherd (Gas), Tiefenmesser und Speed Bug- und Heckstrahlventilation, Ruderstandsanzeige, Deckwaschanlage, Wastepumpe

Füllstandsanzeigen für: Waste, Wasser, Diesel

Motor: Mitsubishi Diesel M 4.14, 24,3 KW (33 PS)

Elektrik: 2 x 180Ah 10x220V Batterien Steckdosen (Landstrom/Wandler 600W)

Kein Kredit, nichts von seinen Konten, die seine Frau kannte. Es durfte niemand wissen. Allerdings musste er sich auch Zeit nehmen. Die Zeit um einen Bootsführerschein zu machen. Das sollte etwa einen Monat in Anspruch nehmen. Das Geld kam von einem Sparkonto, das er geheim hielt. Die Zeit nahm er sich einfach so. Er konnte behaupten, dass er Kundentermine hatte.

Alles lief nach Plan. Er kaufte das Boot, das eine geräumige Kajüte hatte. Es gab sogar einen Raum, wahrscheinlich ein Lagerraum, der etwas versteckt lag und er war groß genug für das, was er vorhatte.

Zu seiner Freude wurde das Boot von einem Motor angetrieben. Segeln fand er zu anstrengend. Dazu kam, dass er nicht immer zuerst auf das Wetter achten wollte.

Den Führerschein machte er in der geplanten Zeit. Einen Binnen- und Seeführerschein.

Nun konnte er seine Opfer mit auf die offene See nehmen, wo sie niemand hörte.

»Aber was sollte er Sybille erzählen?«

Er konnte ja nicht nachts zu Kunden fahren.

Ihm würde schon etwas einfallen. Erst einmal musste er sich überlegen, wo er seine Opfer herbekam.

Eine vermisste Person in Ostfriesland war vielleicht kein Problem, aber mehrere im Jahr?

Obdachlose gab es hier leider auch nicht genug. Rucksacktouristen hingegen würden funktionieren.

Herbert hatte gehört, dass es im Internet eine Seite gab, wo man Fremden eine Nacht auf seinem Sofa anbieten konnte. Naja, so würde er vielleicht ein Opfer bekommen. Mehrere, ausgeschlossen.

Es gab bestimmt auch Angehörige, somit würde es auch schnell auffallen. Eine gesunde Mischung aus Ausreißern, Obdachlosen und Rucksacktouristen war schon mal ein Anfang. So würde er die erste Zeit überstehen. Danach konnte er sich weitere Gedanken machen.

Es war mittlerweile Oktober, sein Boot lag im Hafen von Emden. In Leer würde seine Frau sofort mitbekommen, dass er ein Boot besaß. Es war ein Dienstag. Er fuhr offiziell den ganzen Tag zu Kunden. In Wirklichkeit suchte er in Wilhelmshaven nach Menschen, die niemand so schnell vermisst.

Tagsüber war das gar nicht so einfach. Jemanden betäuben oder bewusstlos schlagen, fiel völlig aus. Die Person musste freiwillig mit in sein Auto kommen.

Er suchte den ganzen Tag nach einem Opfer. Nicht nur in Wilhelmshaven auch in Jever, Wittmund und Aurich versuchte er es. Nichts, heute war kein guter Tag.

Wie sollte er nur an ein Opfer kommen?

Auf dem Weg nach Hause stand am Straßenrand ein Anhalter. Da es regnete und er trotz seiner Neigungen kein Unmensch war, nahm er ihn mit.

Ein Junge, nach eigenen Angaben bereits einundzwanzig. Auf der Fahrt nach Leer erzählte er ihm seine Lebensgeschichte.

»Hallo, ich heiße Sascha. Vielen Dank das sie mich mitnehmen.«

»Kein Problem Sascha.«

»Ich hatte heute Krach mit meiner Freundin. Wir haben Schluss gemacht. Meine Eltern konnte ich bis jetzt nicht erreichen. Die hätten mich sonst abgeholt. Wahrscheinlich machen die gerade Urlaub auf Fuerteventura.

Hatten lange keinen Kontakt mehr.«

»Was für eine Quasselstrippe«, dachte Herbert.

»Und wo willst du jetzt hin?«, fragen kostet ja nichts.

»Ins Haus meiner Eltern. Ich weiß, wo sie ihren Ersatzschlüssel aufbewahren.«

»Wow, den vermisst bestimmt keiner so schnell«, dachte Herbert.

»Das heißt also du bist momentan auf dich allein gestellt? - Was arbeitest du eigentlich?«

»Ich studiere hier in Emden soziale Arbeit, Bachelor of Arts (B.A.).«

Ein Student, Eltern verreist und Freundin weg. Heureka!

»Hast du keine Freunde, bei denen du unterkommen kannst?«

»Schon, aber es sind Herbstferien. Die sind alle bei Ihren Familien.«

Was für ein Fang. Sascha war perfekt. Eine Person, die so schnell niemand vermisst.

»Was machen deine Eltern beruflich?«

Um ganz sicher zu gehen.

»Mein Vater ist bei einer Offshore Gesellschaft und meine Mutter arbeitet nicht.«

Jackpot.

»Ich habe ein Boot hier im Hafen und muss dort noch etwas abholen. Ist das in Ordnung für dich?«

»Klar, kein Problem Alter!«

Das Grinsen musste Herbert sich echt gut verkneifen!

Am Boot angekommen, »Willst du hier warten oder kommst du kurz mit?«

»Ich liebe Boote, klar komme ich mit!«, sagte er.

Kaum unter Deck bekam Sascha von hinten einen übergebraten, so dass er ohnmächtig wurde. Herbert fesselte ihn und leerte seine Taschen. Noch nicht wissend, wie er sterben sollte. Das Problem vertagte er.

Sascha wurde in eine Kiste gepackt, die in dem versteckten Raum stand. Gefesselt und geknebelt musste er dort bis morgen warten.

Als Sascha wieder zu sich kam, hatte er zuerst Angst, lebendig begraben worden zu sein. Das hatte er schon öfter im Fernsehen gesehen. Das Atmen fiel ihm schwer. Doch nach einiger Zeit bemerkte er, dass sich sein Gefängnis bewegte. Es schaukelte hin und her. Er musste also auf dem Boot sein. Der Fremde, der ihn mitgenommen hatte, musste ihn hier ein-gesperrt haben.

Aber warum?

Was wollte der Kerl von ihm?

Schreien half nichts, er hatte etwas in seinem Mund, das ihn davon abhielt.

Wie lange er wohl schon hier drin steckte?

Sascha musste dringend auf die Toilette. Das Meeresrauschen, das er nun wahr-nahm, machte es nur noch schlimmer. Sascha kämpfte dagegen an. Nach eini-gen Stunden jedoch gab er nach. Vorher hatte er das Gefühl, das seine Blase ex-plodieren würde. Nicht schlimm genug, dass er hier in einer Kiste eingesperrt war. Geknebelt und gefesselt an Handge-lenken und Beinen. Nein, jetzt hatte er auch noch eingepisst. Der Urin begann nach einigen weiteren Stunden sogar, auf der Haut zu brennen wie Feuer. Als die Pisse kalt wurde, fing sie an zu stinken. Sascha ekelte sich davor.

Am nächsten Tag hatte Herbert erst ein paar echte Kundentermine. Das Geld brauchte er ja tatsächlich. Danach aß er zu Mittag mit seiner Familie.

Nach seiner Mittagspause fuhr er direkt zum Boot. Sascha lag voller Angst in der Kiste, so wie Herbert ihn verlassen hatte. Allerdings stank er ganz schön. Er hatte eingenässt. Herbert wusste nicht, ob vor Angst oder einfach, weil er musste. Es war auch egal.

Zum Glück hatte Herbert genug Zeit, um über seine zukünftige Tat nachzudenken. Er legte Sascha ein Tuch über das Gesicht und kippte Wasser darüber. Davon hatte er schon oft in den Medien gehört. Amerikanische Gefangene wurden so, während des Golfkrieges behandelt. Waterboarding, es machte Spaß, die Panik, die Sascha überkam, mit anzusehen.

»Was macht der Wahnsinnige bloß mit mir?«, dachte Sascha. Erst sperrt er mich in eine Kiste und nun versucht er mich zu ersäufen. Sascha hatte panische Angst zu sterben. Alles wehren half jedoch nichts. Die Fesseln waren nicht zu lösen. Immer wieder rang er nach Luft. Die Zeit, die er zum Atmen hatte, kam ihm im Vergleich zu der Zeit in der er Wasser schluckte, wahnsinnig kurz vor.

Die Angst zu ertrinken war kaum auszuhalten. Immer wieder versuchte er, dem zu entkommen. Nicht wissend, dass alles noch viel schlimmer werden würde. Kurz bevor er bewusstlos wurde, hoffte er so sehr, dass der Irre seinen Spaß gehabt hatte und ihn gehenlassen würde.

Herbert genoss eine Stunde mit diesem Spiel. Als Sascha jedoch bewusstlos wurde, beschloss er, raus aufs offene Meer zu fahren. Mitten auf der Nordsee stoppte er das Boot. Nun würde der Spaß erst richtig losgehen.

Sascha wurde nun an den Oberschenkeln und den Armen, Haut mit einem Schälmesser entfernt. Herbert musste ihn fixieren, damit Sascha stillhielt. Danach holte er Salzwasser, um die Wunden zu spülen. Was für ein Spaß!

»Scheiße, warum tut dieser Irre mir das an?«

Alles nur, weil Ivonne, diese Kuh, mich verlassen hat.

Als Herbert begann ihm die Haut abzuschälen, bekam er Panik. Solche Schmerzen hatte Sascha noch nie erlebt. Er wünschte, er hätte Ivonne nicht so verärgert. Nun sah er ein, dass er nachgiebiger hätte sein sollen. Er dachte nun, dass er der Idiot war. Es war alles nicht so schlimm. Nicht so schlimm, wie das was jetzt mit ihm passierte! Die Schmerzen die das stumpfe Messer verursachte waren höllisch. Er versuchte alles, um dem zu entkommen. Das Salzwasser gab Sascha den Rest. Ihm wurde schwarz vor den Augen.

Herbert erfreute sich an den Qualen des Jungen, bis er bewusstlos wurde. Dann wartete er. Das Opfer sollte ja wissen, was mit ihm geschieht.

In der Zeit des Wartens entfernte Herbert die restliche Kleidung des Opfers. Als Sascha erwachte, nahm Herbert ein Messer und schnitt Sascha die Genitalien ab. Was für ein Blutbad, aber die Qual in den Augen des Jungen war herrlich zu beobachten. Dieser wurde sofort wieder bewusstlos.

Wie lange würde es wohl dauern, bis er verblutete?

Herbert sollte es heute herausfinden.

Sascha kam zur Besinnung.

Panisch schaute er sich um.

Warum war er jetzt nackt?

Wollte der Irre ihn auch noch vergewaltigen?

Als Sascha sah, dass Herbert mit einem Messer zu ihm kam, weinte er. Was nun geschah,

bekam Sascha nur noch schemenhaft mit.

Es waren drei Stunden, in denen Sascha zwischen Ohnmacht und Wachphasen hin und her schwankte. Als es vorbei war, warf Herbert Sascha einfach über Bord.

Den Raum machte Herbert gründlich sauber, bevor er zurückfuhr. Auf seinem Weg über die Nordsee zurück zum Hafen musste er an eine Fernsehserie denken, die er mal gesehen hatte. Der Hauptdarsteller, ein Serienkiller, entsorgte auch immer seine Leichen im Ozean. Allerdings hatte der Killer in der Serie noch moralische Vorstellungen. Herbert war so etwas egal. Auch eine schlimme Kindheit gab es bei ihm nicht. Herbert wurde zum Monster aus Langeweile.

Als er an seinem Haus in Leer ankam, war es bereits dreiundzwanzig Uhr. Seine Familie schlief schon. Am nächsten Morgen hatte er eine Auseinandersetzung mit Sybille, darüber wie lange er weg war. Sie machte eine unbeschreibliche Szene. Das war es wert!

Eine Woche verging, bis er in der Zeitung darüber las, dass der Sohn eines reichen Industriellen aus Brinkum verschwunden war. Es wurde vermutet, dass er einfach weggelaufen war. Es gab einige Interviews mit den Angehörigen und der Freundin des Opfers. Diese entschuldigte sich, so gemein gewesen zu sein. Sie alle wollten Sascha nur wieder zu Hause haben.

Tja, das wird wohl nichts!

7. Raus aufs Meer

Die Weihnachtszeit verbrachte Herbert dieses Mal in Leer. Seine Familie wollte nicht schon wieder durch halb Deutschland fahren. Es war ihm auch recht.

Seit dem Mord an Sascha verbrachte Herbert jeden zweiten Arbeitstag auf dem Boot. Er baute sich so etwas wie einen Folterkeller, nur halt auf dem Boot.

Es gab eine Streckbank. Diese fertigte er aus einer großen Blechplatte, die durch eine Holzplatte nach unten hin verstärkt war. Am Fußende war ein Flaschenzug, am Kopfende ein Greifzug. Das alles konnte er unauffällig auf sein Boot schaffen, da diese Teile ja auch für dessen Reparatur dienten. Den Eingang zum Raum versperrte er mit einem Schrank. Eine Kiste, die für größere Materialien gedacht war, nutzte er, um seine neuen Opfer später einzuschließen. Es war eine Metallkiste, fast zwei Meter lang.

Er besorgte sich auch noch Salzsäure, Chlor und Essigreiniger. Eine Säge für

Metall, einige Messer, ein Beil und medizinische Ausrüstung.

Seine Opfer sollten ja nicht zu früh sterben.

Die Schutzmaske, die er brauchte, kaufte er lieber auf dem Schwarzmarkt. Einmalanzüge hatte er sich auch genügend besorgt. Er nutzte jede Minute, die er sich davonmachen konnte, ohne Verdacht zu schöpfen.

Die Feiertage waren ereignislos. Nicht einmal Zeit für sein Boot hatte er gehabt. Nur Pläne konnte er schmieden.

Einige Sachen musste er noch im nächsten Jahr besorgen: Fetischzubehör. Schön, was es nicht alles zu kaufen gab.

Einen Ball für den Mund, eine Vorrichtung, die den Mund offen hielt. Es gab sogar Kisten, in denen man den Kopf fixieren konnte. Herrlich, allerdings musste er sich die Sachen alle an anderen Orten besorgen. Sollte ja keiner ahnen, dass er einen Folterkeller baut. Es war ja auch kein Keller. Den Januar nutzte er noch für Vorbereitungen. Danach musste er anfangen,

seine Opfer anzulocken.

Die Zeit, die er für sich hatte, nutzte er in

Internetcafés. Seitensprungangebote. Leute, die bestimmt nichts ausplaudern.

»Hallo, ich heiße Werner, bin 33 Jahre alt und wohne in Emden. Ich suche hier nach der Erfüllung meiner Wünsche, etwas Besonderem. Möchtest du das für mich sein?«, schrieb er.

Es dauerte eine Weile, bis er Antwort bekam. Eilig hatte er es nicht. Das Wetter war eh noch zu schlecht zum Rausfahren.

Sexymaus87, eine pummelige, freizügige, junge Dame; schlecht sahen ihre Fotos nicht aus - er stand eh nicht auf den Modelltyp - antwortete auf seine Anfrage.

»Hallo, reifer Mann. Ich würde dich gerne einmal näher kennenlernen. Ich bin einen Meter siebenundsechzig groß, wiege dreiundsechzig Kilogramm, meine Haare sind rot und gehen mir bis zu den Schultern, meine Augen sind blau und ich wohne auch in Emden«, antwortete sie.

Sie schrieben sich eine Zeit lang fast täglich erotische Mails.

Sie war verheiratet und langweilte sich, da ihr Mann ständig weg war. Außerdem teilte er ihre SM-Leidenschaft nicht. Das verstand Herbert sogar ein wenig. Seine

Frau durfte von seiner Vorliebe auch nichts wissen.

Im April war es dann so weit. Herbert lud sie, ihr Name war Patrizia, auf sein Boot ein.

Seiner Frau erzählte er etwas von einer Übernachtung im Hotel nach einem Termin, der weiter weg war. Es war alles perfekt geplant. Ihr Mann war mal wieder einige Tage nicht da. Herbert hatte sie also über Nacht.

Als sie ankam, begrüßte er sie fast schon so, als ob sie ein Paar waren. Sie küssten sich innig. Auf dem Boot tranken sie Rotwein. Herbert fuhr mit ihr raus auf die offene See.

Sie genossen beide den Nachmittag. Hauptsächlich jedoch unter Deck. Sie knutschten und fummelten wie ein junges, verliebtes Paar. Herbert fand es fast schon zu schade, dass er sie töten würde. Abends, als es dunkel wurde, ging Herbert in die Offensive.

»Ich habe da eine Überraschung für dich«, sagte er ihr zart ins Ohr.

Sie wurde natürlich neugierig. Er nahm ihre Hand und ging mit ihr in den versteckten Raum. Patrizia war fasziniert von Herbert. Im Internet kam es ihr so vor, als seien sie Seelenverwandte. Er war immer so freundlich und doch dominant. Sie wünschte sich so sehr, seine Sklavin sein zu dürfen.

An Bord des Bootes wurde sie sogar richtig verliebt in ihn.

Womit könnte er sie jetzt noch überraschen?

Voller Vorfreude und Wollust folgte sie ihm in einen Raum, der so aussah, als würden ihre Fantasien wahr.

»Zieh dich aus«, befahl er.

Sie folgte ohne ein Wort. So hatte sie es sich gewünscht. Ein dominanter Meister und sie, die willenlose Sklavin. Nackt stand sie nun vor ihm. Feucht im Schritt und voller Erwartung.

»Leg dich auf die Bank!«, sein Ton war ernst.

Sie gehorchte. Die Bank war aus Metall und kalt. Es war unangenehm und das machte ihr noch mehr Lust. Wehrlos ließ sie sich fesseln. Geil und mit vor Kälte steifen Nippeln.

Herbert gefiel das auch. Er zog die Fesseln nur so stark mit dem Greifzug an, dass sie leise vor Schmerz und Lust aufstöhnte. Er strich mit den Händen über ihren Körper. Erst über ihren Oberkörper, die Brüste und den Bauch. Sie hatte herrliche feste Brüste, auch wenn sie nicht sehr groß waren. Dann strich er über ihre Schenkel.

Patrizia genoss die Berührungen. Sie fand es schön, wehrlos alles über sich ergehen zu lassen. Hätte er sie nicht gefesselt, würde sie ihn jetzt an sich reißen und verlangen, dass er sie vögelt. Es machte sie richtig geil. Der Kerl verstand, wie man eine Frau verrückt machte. Die meisten Kerle wollen einfach nur ihr Ding überall reinstecken.

Zu ihrer Freude ließ sich ihre neue Bekanntschaft damit Zeit.

Er spürte, wie sie vor Lust bebte. Auch ihn erregte das. Nach einer Weile steckte er sogar zwei Finger in ihre Muschi.

Patrizia fing, richtig laut, an zu stöhnen.

Warum war er nur so erregt von ihr?

Eigentlich hatte er was ganz anderes vor-
gehabt.

Auch er zog sich aus. Nun behandelte er
sie etwas grober, knetete ihre Brüste, bis
sie seinen Handabdruck behielten. Das
bereitete ihr richtig Lust.

Dann legte er ihr noch etwas von den Fe-
tischsachen an: Das Ding, was ihren
Mund offen hielt. Sein Penis passte genau
in die Öffnung. Es war ein herrliches Gefühl für ihn. Ihr schien das auch zu genießen.

Patrizia war im siebten Himmel. Erst die
zärtliche Behandlung und dann das Gro-
be. Sie wollte ihn in sich spüren, doch
was hatte er jetzt vor. Herbert hatte sich
vom Tisch entfernt, um etwas zu holen.
Als sie sah, was er vorhatte, war sie sich
nicht sicher, ob sie mitmachen wollte.
Doch dann hob sie bereitwillig ihren Kopf,
damit Herbert ihr das Teil anlegen konnte. Sein Schwanz in ihrem Mund
schmeckte etwas salzig. Lustvoll lutschte
sie, so gut sie konnte, seinen Schwanz.
Ihr gefiel, was er währenddessen mit ih-

rer Muschi anstellte. Die Schläge mit der flachen Hand lösten einen Schwall der Lust in ihr aus. Es war noch geiles als die Finger, die er in sie steckte.

Während er sich so einen blasen ließ, fingerte er ihre Muschi und abwechselnd gab er ihr auch Schläge mit der flachen Hand drauf. Die Schläge schienen ihr sogar mehr zu gefallen, als seine Finger.

Nachdem er ihr ins Gesicht gespritzt hatte, machte er eine kleine Pause. Sie wartete auf dem kalten Tisch auf ihn.

Sein Sperma auf der Haut fühlte sich warm an. Es gefiel ihr, das was sie mit ihrer Zunge erreichen konnte abzulecken, nachdem er ihr das Ding vom Gesicht nahm. Sie wartete willens, noch eine Runde mit ihm zu vögeln.

Nach einiger Zeit ging er zu ihr und löste die Fesseln. Er drehte sie um, so dass sie nun auf dem Bauch lag, und nahm sie von hinten. Erst in die Muschi dann in den Arsch.

Er hatte einen wahnsinnigen Orgasmus, sie scheinbar auch.

Sie genoss es, als er in sie eindrang. Das Gefühl wie sein Glied immer wieder in sie hinein stieß, war das, was sie schon die ganze Zeit wollte. Normalerweise ließ sie sich nicht in den Arsch ficken, doch heute war alles anders. Ihr gefiel es sogar, als er in ihren Hintern eindrang. Sie stöhnte so laut sie konnte. Herbert bescherte ihr den besten Orgasmus, den sie je hatte. Patrizia war völlig glücklich und zufrieden. Am liebsten würde sie, dass was sie mit Herbert heute hatte, immer erleben.

Ihre Gefühle spielten verrückt. Sie hatte endlich jemanden gefunden, der ihre Lust verstand und sie so befriedigen konnte, wie sie es noch nie erlebt hatte.

Als sie fertig waren, legten sie sich in den Hauptraum. Dorthin, wo sie vorher gefummelt hatten. Arm in Arm schliefen sie ein.

Am nächsten Morgen waren sie immer noch erregt. Sie wachten in der Löffelchenstellung auf. Herberts steifes Glied lag direkt an ihrem Hintern. Sie waren immer noch nackt. Er fragte nicht erst nach Erlaubnis und drang einfach in sie ein. Zuerst trieben sie es auf der Seite liegend, danach drehte Herbert sie auf den Rücken. Ein Bein legte er über seine

Schulter und so vögelte er sie bis kurz vor seinem Höhepunkt. Dann zog er seinen Penis aus ihrer Scheide und spritzte ihr seine Ladung auf den Bauch. Er war so erregt, dass ein Teil seiner Ladung sogar in ihrem Gesicht landete.

Das, was sie nicht ablecken konnte, verstrich sie mit ihren Händen auf ihrem Körper. Sie genoss es, seine Lust auf diese Weise an sich zu spüren.

Danach brachte Herbert sie ans Festland, wo sie sich innig verabschiedeten.

»Mach es gut, mein wilder Hengst. Dieses Abenteuer werde ich nie vergessen!«, sagte sie.

»Auf Wiedersehen, du kleine geile Stute, ich fand die Nacht mit dir auch großartig«

Ein langer Zungenkuss beendete ihr Gespräch.

Jetzt hatte er schon zwei Geheimnisse vor seiner Familie. Er musste sich eingestehen, dass Sybille die Mutter seines Sohnes war, aber er nie solche Gefühle bei ihr empfand wie letzte Nacht.

Er kam mit ihr zusammen und heiratete

sie, weil er das als normal und richtig ansah. Als Joshua geboren wurde, war alles perfekt für ihn.

Warum schien jetzt alles so anders?

Er blieb noch bis nach dem Mittag auf dem Boot. Seine Gedanken kreisten um seine neue Affaire.

Wie sollte es jetzt weitergehen?

Konnte er alles haben?

Eine Familie, sein Hobby und Patrizia?

Würde Patrizia ihn vielleicht sogar verstehen?

Nein, letzteres sicherlich nicht! Außerdem war sie ebenfalls verheiratet. Es war nicht sicher, dass sie sich überhaupt noch einmal wiedersahen.

8. Die Lust und der Trieb

Er machte einfach weiter wie bisher. Seine Arbeit war für ihn nur noch Beiwerk. Nichts, was ihn erfüllte. Seine Frau eine Notwendigkeit, um unauffällig zu sein. Sein Sohn hingegen, war sein Sohn, diese Gefühle waren echt.

Patrizia meldete sich fast täglich per Mail, mehr war nicht drin. Ihr Mann war zuhause und Sybille würde vielleicht auch irgendwann Verdacht schöpfen.

Das Boot war ein Ruhepunkt für ihn geworden. Er genoss es, Zeit für sich zu haben. Dennoch suchte er bereits nach einem neuen Opfer. Diesmal machte er auf bisexuell in einem neuen Flirtforum. Er benutzte ein Foto, das ihn nur vom Hals an abwärts zeigte. Patrizia, die auch solche Foren nutzte, durfte ihn nicht erkennen. Sie würde sonst etwas Falsches von ihm annehmen.

Es dauerte eine Woche, dann wurde er von Loverboy57 angeschrieben. Dem Foto nach ein dicker, älterer Typ. Irgendwie ekelig, aber er brauchte es dringend. Die Vorfreude auf einen Mord, die sich in der Nacht mit Patrizia aufgebaut hatte, musste nun befriedigt werden. Er spürte tief in sich den Trieb, morden zu müssen.

Das war gefährlich, denn er wollte nie jemand werden, der töten musste. Es sollte ein Spaß bleiben, den er unter Kontrolle hatte. Die Nacht mit Patrizia veränderte alles. Er hatte ein sexuelles Verlangen an sich entdeckt, das er vorher nicht kannte. Dadurch wurde auch sein Trieb zu töten, tausendfach verstärkt. Er verzehrte sich förmlich danach.

Also lud er Loverboy57 zu sich auf das Boot ein. Das Treffen sollte vormittags stattfinden. Scheinbar hatte Loverboy57 auch ein Geheimnis, denn das Treffen musste unbedingt vormittags stattfinden. Bei ihm allerdings schien es die sexuelle Orientierung zu sein, die er vor einer Frau oder Freundin geheim hielt.

Herbert bereitete alles vor, um sein neues Opfer gebührend zu empfangen. Dieses Mal brauchte er allerdings etwas, um sein Opfer zu betäuben. Schließlich war es keine zierliche Frau, sondern ein dicker Perverser.

Kaum zu glauben, bei eBay gab es einen

Anbieter aus Großbritannien, der Chloroform verkaufte. »Sofort kaufen« klickte er. Die Zahlung lief über dasselbe Konto wie auch der Kauf des Bootes. Die Lieferadresse war sein Büro. Hoffentlich kam es rechtzeitig.

Es waren noch ein paar Tage bis zu dem Treffen. Patrizia machte ihn verrückt, und zwar im positiven Sinne. Sie schrieb ihm immer wieder erotische Mails mit ihren Fantasien:

Hallo Werner,

du fehlst mir. Ich wünschte, du könntest bei mir sein. Ich war heute ein böses Mädchen und bösen Mädchen gehört der Hintern versohlt. Danach könntest du mich dann fesseln und würgen. Bis du mir deinen Schwanz bis zu den Eiern in den Mund schiebst, wie du es schon einmal auf dem Boot getan hattest. Ich vermisse das Gefühl deines Spermas auf meiner Haut! Ich möchte ganz dir gehören, deine Sklavin sein. Lass mich nicht zu lange warten. Das macht das Verlangen nach dir nur noch größer. Der Schmerz, der mich so feucht werden lässt, fehlt mir. An Tagen, an denen mein Mann nicht zuhause ist, besorge ich es mir selbst kräftig mit

einem Dildo. Allerdings fühlt sich das
nicht so gut an, wie dein Schwanz wenn
er immer wieder heftig in mich hineinstößt.
Ich lasse dabei immer Wachs auf meine
Brüste tropfen, kurz bevor ich komme. Das
könntest du beim nächsten Mal auch tun.

Voller Verlangen,

Deine Sklavin

Das machte ihn geil und er wollte sie am liebsten jeden Tag zuerst ein bisschen foltern und dann ficken, bis sie nicht mehr laufen kann. Das lenkte ihn sogar von seinem Verlangen ab, sein nächstes Opfer zu töten.

Zum Glück war der Tag endlich gekommen, an dem Herbert wieder er selbst sein konnte. Loverboy57, im wahren Leben noch viel ekeliger als im Internet. Ein schmieriger, ungewaschener Kerl, stark übergewichtig, mit fettigem, braunem Haar stand am frühen Vormittag vor seinem Boot. Kaum zu glauben, dass der Kerl vor einer Frau was zu verheimlichen hatte. Wenn sie das was er war lieben konnte, würde sie mit seiner Bisexualität auch klarkommen.

Das schien Herbert das geringste Problem bei Loverboy57 zu sein.

Herbert ließ sich seine Abscheu gegen den Typen nicht anmerken: »Hallo ich heiße Werner, komm doch auf mein Boot.«

Der schmierige Kerl nahm die Einladung sofort an.

»Hallo, ich heiße Klaus«, gab der zur Antwort, »schön, dass du für mich Zeit hast. Sind wir hier wirklich ungestört?«

»Klar, von diesem Boot weiß außer uns beiden keiner etwas«, antwortete Herbert.

»Geil, dass so ein süßer Typ wie du, sich mit mir treffen will. Warst wohl von den Fotos meiner Fleischpeitsche ganz schön beeindruckt was?«

Herbert versuchte, nicht zu kotzen.

»Klar, so ein riesiges Teil, da werde ich richtig geil. Lass uns unter Deck gehen, dann zeig ich dir, was ich damit alles anstellen kann.«

Der stinkende Fleischberg folgte ihm unter Deck. Kaum unten begann der Typ, sich seiner Hose zu entledigen.

»Du hast es aber eilig, setz dich doch noch kurz. Ich muss noch was holen.«

»Hoffentlich schaffe ich es ihn zu betäuben, bevor er mich vergewaltigt«, dachte Herbert.

Er holte einen Lappen, den er auf dem Weg zurück zu Körperklaus mit Chloroform tränkte. Zu Herberts Erleichterung saß dieser mit dem Rücken zu ihm auf einem Stuhl und war abgelenkt. Der hatte doch echt schon angefangen, an sich rumzuspielen. Das Chloroform wirkte schnell.

Nun nutzte er den Greifzug, damit er Klaus auf seinen Foltertisch bekam. Wo er dann gefesselt und stark genug gestreckt wurde, dass er sich nicht bewegen konnte.

Klaus erwachte und wusste nicht, wo er war. Seine Umgebung schaukelte. Das konnte er spüren. Seine Arme und Beine waren gefesselt und er konnte sie keinen Zentimeter bewegen. Egal wie sehr er es versuchte.

Er konnte sich daran erinnern, dass er ein Date hatte.

Aber was war dann?

Er war nackt und scheinbar allein.

»Hilfe kann mich jemand hören?«, schrie er.

Zuerst war er noch ruhig dann wurde das Schreien immer panischer. Ein Mann kam rein.

Der war vielleicht merkwürdig angezogen. Ein weißer Anzug bedeckte seinen Körper und er trug schwarze Handschuhe, die ihm bis zu den Ellenbogen reichten. Die Handschuhe schienen aus Gummi zu sein. Eine Brille trug der Kerl auch, aber keine normale. Eine Schutzbrille.

Klaus wurde immer panischer. Er versuchte, sich mit aller Kraft loszureißen. Nichts half.

»Was hast du Perverser mit mir vor? Lass mich sofort gehen oder ich werde der Polizei alles erzählen!«

Nichts, keine Antwort.

Herbert freute sich immer mehr über sein Opfer. Arrogant bis zuletzt. Dieser Typ wagte es doch echt, ihn pervers zu nennen. Dabei wollte er doch perverse Sachen mit ihm anstellen.

Herbert nahm etwas von der Salzsäure und füllte es in ein Glas. »Dir werde ich

deine Perversionen schon austreiben«,
dachte er sich.

Das Glas stellte er zwischen die Beine des
Opfers, so dass er den Penis auf den
Klaus so stolz war, rein hängen konnte.
Das gab vielleicht ein Geschrei, als der
Penis mit der Säure in Berührung kam.
Durch das Blut, das sein Opfer verlor,
färbte sich die brodelnde Flüssigkeit rot.
Gut, dass er, als Klaus schlief, aufs Meer
hinaus gefahren war.

»Aaaahhhhh, Scheiße! Hör auf, du perverser Drecksack. Lass mich gehen, du
Spinner!« waren seine ersten Worte, als er
begriff, dass es kein Spielchen war.

Es ging um sein Leben!

Wieso tat ihm der Fremde das nur an?

Er hatte zwar schon von Schwulenhas-
sern gehört, aber das ging über seine Vor-
stellungskraft hinaus. Der Schmerz war
unerträglich. Was passierte nur mit ihm.

Klaus konnte ja nicht sehen, was Herbert
mit ihm anstellte. Er spürte nur den
Schmerz.

Nach dreißig Minuten hatte Herbert genug vom leidenden Klaus. Dieser begann langsam von arrogantem Arsch zum Betteln und Flehen überzugehen.

»Bitte lass mich gehen«, weinte er, »Ich mach auch alles, was du willst! Ich kann dir Geld geben, dazu müssen wir nur zu einem Geldautomaten. Bitte!«

Das Gesicht des fetten Kerls war mit Tränen und Rotz überdeckt. Mitleid bekam Herbert nicht davon, es ekelte ihn eher noch mehr.

Herbert genoss es ein wenig, mit einem Messer an den Füßen von Klaus zu spielen. Zuerst ein paar kleine Schnitte in die Fußsohlen, dann entfernte er den linken kleinen Zeh. Als er die Wunde mit einem Eisen, das er am Gasherd seines Bootes heißgemacht hatte, ausbrannte, wurde Klaus ohnmächtig.

Wieder hieß es für Herbert warten. Ihm machte das Ganze nur Spaß, wenn seine Opfer spürten, was mit ihnen geschah.

Diese Prozedur führte er durch, bis Klaus keine Zehen mehr hatte.

Klaus wurde wach und hatte am gesamten Unterkörper Schmerzen. Was war bloß geschehen? Seine Genitalien verursachten unsagbares Leiden, seine Füße fühlten sich an, als wäre er über glühende Kohlen gelaufen. Die Haut an seinen Beinen schmerzte ebenfalls. Er wollte am liebsten erneut in Ohnmacht fallen. So sehr tat ihm alles weh.

Herbert freute sich über das Leiden von Klaus. Es war ein Wimmern, ein Weinen, das durch das gesamte Boot zu hören war.

Herbert hatte die Zeit genutzt, als Klaus bewusstlos war. Er hatte ihm die Beine mit verdünnter Salzsäure abgewaschen. Wenn die Haut nicht so drunter leiden würde, wäre es eine tolle Enthaarungskur.

Klaus lag nun auch nicht mehr auf dem Rücken, sondern auf dem Bauch. So konnte Herbert seine nächste Quälerei an ihm testen. Einen Baseballschläger hatte er zur Sicherheit noch besorgt. Das mit dem Chloroform hätte ja auch schief gehen können.

Diesen benutzte Herbert nun, um Klaus zu penetrieren. Der stand ja auf Analverkehr. Allerdings hörte Herbert nicht auf, als sein Opfer vor Schmerzen schrie. Das war nur die Einladung das Ding noch weiter reinzudrücken.

Es war schon nicht ganz einfach, den dicken Kopf des Schlägers überhaupt in den Anus zu bekommen. Nun steckte der Schläger zur Hälfte in Klaus. Ein bisschen erinnerte das an ein Schwein, das zum Braten vorbereitet wurde oder eine Mastgans. Fehlte nur noch der Apfel im Maul.

Als Herbert den Schläger wieder raus zog, kam eine ganze Ladung Blut und Stuhl mit hinaus gelaufen. Das sauberzumachen würde einiges an Zeit kosten.

Es war bereits achtzehn Uhr. Herbert war spät dran und Klaus war noch am Leben.

Als Herbert das feststellte, packte er den völlig entkräfteten Klaus in die Metallkiste und füllte sie mit Meerwasser bis zur Hälfte auf.

Klaus würde so oder so bald sterben. Die inneren Verletzungen konnte er nicht überleben. Aber Herbert war noch nicht zufrieden. Am liebsten hätte er noch viel mehr Zeit mit seinem Opfer verbracht.

Nun wollte er aber zu Sybille und seinem Sohn. Ärger wird es ohnehin schon geben. Herbert schnitt seinem Opfer die

Pulsadern auf und begann dann sauberzumachen.

Klaus weinte, alles schmerzte und nun wurde ihm klar, dass er das Boot nie wieder lebend verlassen würde. Er dachte an seine Frau und die drei Kinder, die er hinterließ. Wäre er doch nur ein besserer Ehemann und Vater gewesen. Jetzt war es zu spät!

Es wurde dunkel um ihn herum.

Als Herbert den Raum wieder auf Vordermann hatte, pumpte er mit einer Lenzpumpe die Kiste leer. Klaus wurde in eine Plastikplane eingewickelt und über Bord geworfen. So blutleer wog er nicht mehr ganz so viel.

Die Rückfahrt zum Hafen und später mit dem Auto bis zu seiner Familie dauerte etwa zwei Stunden. Als er endlich die Tür zu seinem Haus aufschloss, war es bereits dreiundzwanzig Uhr.

Er erwartete Sybille mit einem Nudelholz oder einer Bratpfanne hinter der Tür.

Seine Frau jedoch lag schon im Bett und schlief.

Mit Patrizia würde es anders sein. Er hatte jetzt noch stärker gesteigerte Lust als zuvor. Mit Patrizia könnte er jetzt die ganze Nacht durchvögeln. Sie quälen und sie dann für das artige Hinnehmen der Schmerzen mit Orgasmen belohnen. Mit geilen Fantasien über Patrizia und der Erinnerung an einen gelungenen Tag schlief er ein.

9. Ein neuer Anfang?

Am nächsten Morgen war Herbert immer noch erregt, als er neben Sybille aufwachte. Doch sie war es nicht, die er wollte. Sybille war ohnehin noch sauer auf ihn. Sie sprachen kein Wort miteinander, bis er zur Arbeit fuhr.

Er sehnte sich nach Patrizia, ihrer Haut, ihren Haaren, ihrer Muschi und ihrer Unterwürfigkeit. Seine Sehnsucht wuchs mit jeder Sekunde, die er an sie dachte. Sein Verstand war abgeschaltet. Sein Verlangen übernahm die Kontrolle.

Er schrieb Patrizia, kaum war er im Büro, eine Mail:

Hallo meine Sklavin,

ich verzehre mich nach dir. Ich will deinen Körper spüren und dich disziplinieren. Ich wünsche, dass du zu mir kommst. Bloß in einen Mantel gehüllt erwarte ich dich auf meinem Boot. Ich werde dich in Empfang nehmen und dich in dein Zimmer führen.

Dort wirst du gefesselt. Mit dem Bauch nach unten sollst du vor mir liegen. Ich werde dich dann peitschen. Zur Strafe, weil du mir so lange ferngeblieben bist. Danach werde ich dich befriedigen - wenn du artig warst. Solltest du jedoch versuchen dich zu wehren oder gar schreien, wird eine Strafe folgen. Auf dem Rücken liegend wirst du dann gestreckt. So werde ich dich dann mit einem Dildo ficken, bis du keine Kraft mehr hast. Danach werde ich mich mit dir vergnügen! Es ist deine Entscheidung. Ich hoffe fast, du wehrst dich! Vielleicht habe ich ja zu alledem noch ein paar kleine Überraschungen für dich parat. Schreib, wann du da sein kannst.

Werner

Die Antwort kam prompt. Morgen sollte sie Zeit haben. Ihr Mann würde dann weg sein, auf Geschäftsreise für eine Woche.

Aber, wie sollte er das Sybille erklären?

Er kriegte im Büro keinen klaren Gedanken gefasst und nach arbeiten war ihm sowieso nicht.

Er fuhr nach Hause, ein wenig vorschlafen.

Für Patrizia wollte er bei Kräften sein. Als er ins Haus eintrat, hörte er seine Frau. Allerdings redete sie nicht mit jemandem. Sie stöhnte, als hätte sie den Sex ihres Lebens.

Er ging die Treppe rauf zum Schlafzimmer. Durch einen Spalt in der Tür sah er sie. Sie lag mitten auf dem Bett. Die Beine weit gespreizt, jemand lag mit dem Kopf zwischen ihren Beinen.

»Oh Angela, du machst mich wahnsinnig! Ohh! Jaaaaaa! Mmmmmmmmhhh« stöhnte sie.

Herbert war fassungslos. Seine Frau hatte gerade Sex. Nicht mit ihm, sondern mit einer fremden Frau. Er wusste nicht, was er sagen sollte. Er war gleichzeitig erregt und eifersüchtig.

Er genoss es eine Weile, sich das Schauspiel anzusehen. Seine Frau hatte einen Orgasmus, nachdem die andere ihr es so richtig mit Mund und den Fingern besorgt hatte. Die Frauen küssten sich eine Weile. Danach begann seine Frau das Gleiche mit der Fremden zu machen, was sie vorher für sie getan hatte. Es dauerte einige Zeit, doch die andere Frau schien auch zu kommen.

Es war ein lautes wildes Stöhnen im ganzen Haus zu hören. Die Damen, sofern man das so überhaupt sagen konnte, nahmen kein Blatt vor den Mund. Sie schienen sich völlig ungestört zu fühlen.

Danach schmiegten sich die beiden Frauen aneinander, wobei sie sich küssten und am ganzen Körper streichelten. Sie fingen immer wieder an, sich gegenseitig zu fingern. Es schien, als hätten sie noch nicht genug. Der Anblick war wunderschön. Am liebsten hätte er mitgemacht.

Als er in den Raum trat, schraken die beiden Frauen auf. Sybille war sichtlich schockiert darüber, erwischt worden zu sein. Es war ihr wohl auch ein bisschen peinlich. Herbert spielte den Entsetzten. Eigentlich störte es ihn nicht, dass seine Frau mit einer anderen Sex hatte, doch er brauchte eine Ausrede für die kommende Woche. So spielte er den betrogenen Ehemann. Schade eigentlich, vielleicht hätte er ja jetzt öfter zusehen können.

»Was ist denn hier los?«, brüllte er.

»Es tut mir leid«, waren ihre ersten Worte.

»Sei nicht böse!«

»Wie bitte, du betrügst mich und ich soll nicht böse sein? Was wäre, wenn Joshua reingekommen wäre? Was hättest du ihm gesagt? Ich bin entsetzt.«

Er spielte das perfekt. Jetzt weinte seine Frau. Sie tat ihm zwar etwas leid, doch sein Date morgen war ihm wichtiger.

»Ich ziehe ins Hotel. Reiß dich zusammen, wenn der Junge nach Hause kommt. Sag ihm einfach erst mal, ich würde arbeiten. Die Wahrheit ist, glaube ich, nicht das Richtige in diesem Fall.«

»Bleib hier, bitte. Ich mache alles wieder gut. Du warst nicht da, lange nicht. Außerdem bleibst du immer länger auf deiner Arbeit. Wäre es besser gewesen, ich hätte mir einen anderen Kerl gesucht?«

Das beantwortete Herbert nicht. Er stürmte mit ein paar eilig gepackten Sachen aus dem Haus.

Sybille blieb weinend in ihrem Haus zurück. Angela wollte sie trösten, doch Sybille wollte das nicht.

»Verschwinde«, war das Einzige, was sie noch über ihre Lippen brachte. Als Angela endlich fort war, brach sie in sich zusammen.

Auf dem Boot angekommen musste Herbert sich erst einmal einen runterholen. Der Anblick zweier Frauen zusammen im Bett hatte ihn geil gemacht. Einige Filme hatte er zwar auch schon im Internet gesehen, die solche Szenen beinhalteten, doch in echt war es noch viel besser. Danach sprach nun nichts mehr gegen ein Schläfchen.

Den Rest des Tages verbrachte Herbert mit Shopping im Sexshop. Inspiration gab es dort genug. Die Woche mit Patrizia auf dem Boot würde perfekt werden. Als er alles hatte, was er in seine Fantasien einbeziehen konnte, fuhr er Lebensmittel besorgen. Sie brauchten so nicht allzu oft an Land. Das Boot wurde auf Vordermann gebracht. Die Spielzeuge ausgepackt und für ihre Benutzung vorbereitet. Zum Schluss blieb ihm nur noch das Warten.

Kurz vorm Einschlafen masturbierte er noch einmal.

Dabei dachte er an seine Frau, zusammen mit Patrizia.

Am nächsten Tag konnte er gar nicht lange schlafen. Seine Vorfreude war zu groß. Herbert duschte und zog sich an. Es gab etwas, das nannte sich Schnellficker Hose. Elegantes Aussehen und Druckknöpfe an der Seite. So konnte er sich schnell ihrer entledigen. Dazu trug er ein Hemd, das konnte er wenn es sein musste zerreißen.

Als Patrizia endlich kam, verschlug es ihm die Sprache. Sie sah super aus in dem Mantel, den Sie trug. Der Mantel war schwarz und reichte ihr bis zu den Knien. Er war so weit geöffnet, dass man sehen konnte, dass sie keinen BH drunter trug. Sie hatte auch etwas abgenommen. Ihre roten Haare wehten im Wind. Herbert hatte sofort eine Erektion.

Er packte sie sofort und küsste sie innig. Ihre Zungen verknoteten sich fast, so wild waren sie. Am liebsten hätten sie schon auf dem Anleger gevögelt wie die Wilden.

»Los lass uns aufs Boot gehen«, stöhnte er lustvoll zwischen den Küssen.

Kaum an Bord riss Herbert ihr den Mantel vom Leib.

»Los, geh in dein Zimmer«, befahl er.

»Ja, Meister«, antwortete sie unterwürfig.

Im Raum angekommen legte sie sich brav auf die kalte Bank aus Metall. Sie war genau so geil wie er. Ihre Muschi war bereits feucht geworden, als sie ihn erblickte. Bereitwillig ließ sie sich fesseln. Diesmal nur die Hände. Sie lag mit dem Bauch nach unten nun vor ihm. Herbert genoss es, sie anzusehen. Er konnte es kaum abwarten, sein hartes Glied in sie zu bohren. Doch nun war erst einmal etwas anderes an der Reihe.

Er schwang die kleine Peitsche, die vorne ganz viele Striemen hatte, und versohlte ihr den Hintern. Sie stöhnte auf und spreizte ihre Beine. So konnte die Peitsche auch ihre feuchten Schamlippen erreichen. Es machte beiden wahnsinnigen Spaß. Kurz bevor Herbert aufhören wollte, sie zu peitschen, fing sie an sich wegzudrehen.

Zuerst dachte Herbert, er wäre zu grob gewesen, doch dann fiel ihm sein Brief wieder ein.

»So, du willst dich also wehren? Los, dreh dich um!«

Sie gehorchte aufs Wort, mit einem Grinsen im Gesicht.

»Du findest das lustig? Wollen wir doch mal sehen wie wir das Grinsen aus deinem Gesicht bekommen.«

»Entschuldigung, Meister. Ich bin so erregt«, sagte sie.

Nun fesselte Herbert ihre Füße ebenfalls. Der Greifzug wurde wieder gespannt, bis sie leise aufstöhnte. Sie lag nun auf dem Rücken. Zuerst streichelte er mit seinen Händen ihren ganzen Körper. Ab und zu schlug er mit der flachen Hand auf ihre Muschi. Das turnte sie richtig an. Dann nahm er eine Kerze und zündete sie an.

Das heiße Wachs tropfte auf ihre Brüste. »Wie geil sich das anfühlt«, dachte sie.

Herbert holte jetzt den versprochenen Dildo. Dieser war fast faustgroß.

Sie schluckte bei dem Anblick, allerdings hielt sie ihn nicht auf.

Herbert benutzte seine Hand, um sie zu weiten. Wirklich verletzen wollte er sie nicht.

Nach einer Weile war es dann soweit. Der Dildo schob sich langsam in ihren Körper. Zuerst ging es etwas schwer, doch nach kurzer Zeit flutschte es nur so. Sie stöhnte und bäumte sich auf vor Lust. Es dauerte nicht lange, bis sie ihren Höhepunkt hatte.

Sie kam gewaltig und spritzte sogar ab. Nun konnte er endlich auch seine Lust befriedigen. Dieses Mal machte sie ihren Mund freiwillig auf. Herbert schob seinen Schwanz erst vorsichtig rein und raus, danach immer schneller und fester. Bis er fast bis zu den Eiern in ihrem Mund steckte. Sie würge immer wieder und musste Luft holen, aber es gefiel ihr.

Danach nahm er sie von vorne. Sie war immer noch auf der provisorischen Streckbank. Ihre Muschi fühlte sich dieses Mal nicht so eng an wie beim letzten Mal. Lag wohl an dem Dildo. Er löste den Greifzug und Ihre Fußfesseln und drehte sie auf den Rücken. Sie war schon ganz kraftlos vom Sex. Der Dildo sollte auch mitmachen.

Herbert schob ihn ihr sanft in die Scheide. Eine Hand löste er von den Fesseln und verlangte, dass sie es sich damit besorgt. Während sie das tat, rammte er sein Glied in ihren Arsch. Zuerst schien es zu schmerzen.

Nach einiger Zeit jedoch geilte sie das richtig auf.

Kurz vor seinem Orgasmus holte er seinen Penis aus ihr raus und spritze ihr auf den Rücken. Sie war völlig fertig und er glücklich wie noch nie. Sie löste ihre zweite Hand und beide sanken auf den Boden, zu schlapp, um in den Raum mit der gemütlichen Liegefläche zu gehen.

Sie vögelten die ganze Woche, nur von kurzen Landgängen für notwendige Besorgungen und Schlaf unterbrochen. Sie unterhielten sich kaum, es sei denn, es gehörte zu ihrem Spiel.

Am Ende ihrer gemeinsamen Zeit offenbarte ihr Herbert dann seine bevorstehende Trennung.

»Ich habe meine Frau verlassen, nun bin ich ein freier Mann.«

Patrizia war überrumpelt. Ihre Beziehung war zwar langweilig, aber sich jetzt von ihrem Mann trennen? Darüber musste sie erst nachdenken. Einerseits hatte sie in Herbert einen Seelenverwandten getroffen, andererseits liebte sie Ihren Mann Sascha ja dennoch.

»Ok, das geht bei dir alles ein bisschen schnell. Sei mir nicht böse, aber ich weiß nicht, ob ich das überhaupt will.

Gib mir bitte Zeit über alles nachzudenken!«

Bald sollte er eine E-Mail von ihr bekommen. Ihr Abschied verlief leider nicht so innig, wie ihr Wiedersehen. Er hätte sie nicht mit dieser Nachricht so überrumpeln dürfen.

»Bis bald«, sagte sie nur.

»Mach's gut, meine Sklavin«, gab er zurück und schaute ihr traurig nach.

Dann war sie fort.

10. Einsamkeit

Kaum hatte Patrizia ihn verlassen, fühlte er sich einsam. Zu seiner Frau hätte er zwar zurück gekonnt, doch das wollte er nicht. Sein falsches Leben hatte er nun aufgegeben. Joshua würde es ihm eines Tages danken. Herbert wollte nicht, dass der Junge irgendwann seine Verhaftung mit ansehen musste. Sybille hatte etwas Neues an sich entdeckt, das freute ihn. Nur, was sollte nun aus ihm werden? Das Boot war ein guter Platz zum Leben. Seine Arbeit war zwar ganz nett, aber eigentlich füllte es ihn nicht mehr aus. Töten und Patrizia vögeln, das wollte er.

Es vergingen einige Tage des Nachdenkens, des Für und Wider. Wenn er alle Brücken hinter sich abbrach, hatte er keinerlei Tarnung mehr. Das war ein Risiko, doch kein sehr großes. Vielleicht machte er einfach auf Lebemann in der Midlifecrisis. Es dauerte eine Woche, bis er einen Entschluss fasste. Dann rief er in der Regionaldirektion seiner Versicherung an.

»Cortalis Versicherung, Frau Seifert am Apparat.«

»Hallo, hier ist Herbert. Ich möchte den Direktor sprechen.«

»Einen kleinen Augenblick bitte. Kann ich ihm schon einmal etwas ausrichten?«

»Nein, das möchte ich ihm selber sagen. Danke.«

Die alte Hymne der Cortalis spielte, während er wartete. Eine grauenhafte Musik, voller Selbstbeweihräucherung.

»Hallo Herbert, hier ist Wolfgang Meyer, was kann ich für Sie tun?«

»Hallo Wolfgang. Ich weiß nicht, wo ich anfangen soll. In meinem Leben hat sich gerade oehr viel geändert. Ich brauche mehr Zeit für mich, deshalb möchte ich meinen Bestand auflösen. Bitte bereiten Sie alle nötigen Unterlagen vor. Ich selbst habe mir bereits Gedanken über die Abfindung gemacht. Allerdings möchte ich erst ihr Angebot hören. Wann haben Sie die Unterlagen fertig?«

»Das kommt jetzt aber plötzlich. Ich weiß gar nicht, wie ich darauf reagieren soll. Sie sind ein guter Mitarbeiter unseres Unternehmens. Gibt es nicht eine andere Möglichkeit? Eine Auszeit vielleicht?«

»Nein, tut mir leid. Ich lasse mich nicht umstimmen!«

»Na gut, seien Sie nächste Woche Montag um zehn Uhr bei mir im Büro. Bis dahin werde ich alles fertig haben.«

Es war Mittwoch, so hatte Herbert noch Zeit alles mit Sybille zu besprechen. Der Junge wird am meisten darunter leiden. Herbert nahm sich vor, ihm alles selbst zu erklären.

Bei Sybille und seinem Sohn angekommen versuchte er alles friedlich zu regeln.

»Hallo Sybille. Ist Joshua da?«

»Kann ich erst mal erfahren, wo du gewesen bist? Ich habe versucht, dich zu erreichen. Klar habe ich einen Fehler gemacht. Nur du scheinst ja auch deine Geheimnisse zu haben. Auf der Arbeit wusste niemand, wo du warst. Da habe ich in den Hotels angerufen. Fehlanzeige. Deine Mutter macht sich auch Sorgen. Also, wo warst du?«

»Das geht dich nichts mehr an! Die Arbeit werde ich aufgeben. Dich werde ich ebenfalls verlassen.«

»Wie bitte? Und wie hat sich der feine Herr das vorgestellt? Wovon soll ich unsere Rechnungen bezahlen, wenn du nicht mehr arbeitest? Denk doch mal an Joshua!«

Das tat er, deshalb musste er ja gehen.

»Das ist nicht mehr dein Problem. Wir werden uns scheiden lassen. Um Joshua werde ich mich kümmern, zumindest finanziell. Was mit dir ist, ist mir egal. Vielleicht kann deine neue Freundin dir ja was Tolles kaufen. Meinetwegen kann sie hier jetzt einziehen. Ich werde jetzt meine Sachen holen. Wo ist der Junge?«

»In seinem Zimmer. Wehe du versuchst, ihn gegen mich aufzuhetzen!«

Bei diesem letzten Satz war Herbert bereits auf dem Weg in Joshuas Zimmer.

»Hallo mein Sohn.«

»Verschwinde! Du bist einfach abgehauen, ohne dich von mir zu verabschieden. Ohne zu fragen, ob ich nicht lieber bei dir wäre. Jetzt brauchst du auch nicht mehr ankommen!«

»Tut mir leid, ich hätte nicht gedacht, dass es so schlimm für dich wird. Da wo ich hingegangen bin, hättest du mir nicht folgen können. Ich brauchte Zeit für mich. Jetzt habe ich einen Entschluss gefasst. Ich werde euch verlassen und mein Leben neu beginnen. Leider werde ich nicht mehr für dich da sein können. Ich werde dich aber immer lieben. Ich hoffe, du vergisst mich nicht eines Tages. Es tut mir leid, mein Sohn. Du darfst ruhig sauer auf mich sein.«

Joshua begann zu weinen. Er nahm seinen Vater in den Arm und wollte ihn am liebsten nie wieder loslassen.

Doch nach einiger Zeit löste sich Herbert aus der Umarmung und sagte: »Lebe wohl!«

Dann verließ er das Zimmer seines Jungen, holte seine Kleidung aus dem Schlafzimmer und alles, was er sonst noch brauchte. Mit einer vollgepackten Reisetasche ging er zu seinem Auto, ohne noch ein Wort zu sagen. Er wusste auch so, dass Joshua ihm weinend nachsah.

Auf dem Boot angekommen, packte er seine Sachen aus. Nun war sein mobiler Tatort doch tatsächlich sein Zuhause geworden.

Die Zeit bis zu seinem Termin nutzte er für Planungen.

Sollte er sein Zuhause als Tatort benutzen?

Sein nächstes Opfer durfte nicht aus einem Flirtforum requiriert werden, so viel war klar.

Am Wochenende zog er durch die Stadt.
Emden war für ostfriesische Verhältnisse
groß. Es war schon sehr spät, doch er
brauchte den Spaziergang. Sein Kopf
kreiste immer wieder um dasselbe Thema: Wie geht es weiter? Als er an einem
Bushäuschen vorbei kam, sollte der Zu-
fall ihm erneut in die Hände spielen. Ein
betrunkener Jugendlicher, wahrscheinlich grade achtzehn, saß auf der Bank.

»Hey alles okay bei dir?«, fragte Herbert
höflich.

»Lalalasss michsch in Ruhe!«, lallte der
junge Mann.

Herbert stand vor der Frage, was tun.

Die Chance einfach verstreichen lassen?

Den Kerl wegzuschaffen war nicht leicht.
Schließlich war der Typ nicht kooperati-
onsbereit. Ihn hier töten?

Wo bleibt der Spaß?

Herbert entschied sich, das Risiko nicht
einzugehen. Er wollte ja nicht so schnell
erwischt werden.

Er hatte von Tätern gehört, die Spuren
für die Polizei hinterlassen hatten. Angeblich wegen der Reue. Er bereute nichts,

außerdem hatte er nicht den Drang für alle seine Taten selbst verantwortlich zu sein. Es gab ja Filme, da rief der Täter sogar bei der Polizei an, damit die wussten, dass er es war. Solche Komplexe hatte Herbert nicht. Er wollte nur genießen, seine Opfer leiden zu sehen. Was danach war, interessierte ihn nicht.

Nach einem leider ereignislosen Wochenende machte sich Herbert nun auf den Weg zur Regionaldirektion der Cortalis Versicherung. Dort angekommen wurde er von allen Angestellten angeschaut, als ob er ein Alien wäre.

Die Sekretärin vom Regionaldirektor begrüßte ihn, »Hallo Herbert, nehmen Sie Platz, Herr Meyer hat gleich für Sie Zeit. Einen Kaffee, solange sie warten?«

»Ja bitte, mit Milch und zwei Stück Zucker.«

Er trank seinen Kaffee und wartete. Zwei Herren gingen an ihm vorbei in das Büro des Direktors. Musste wohl wichtig sein, wenn sein Termin dafür warten musste. Es dauerte etwa zwanzig weitere Minuten.

»Hallo Herbert, kommen Sie doch rein.«

»Guten Tag Wolfgang, danke gern.«

Die zwei Herren waren immer noch im Raum.

»Herbert, das sind der Herr Schneider aus der Zentrale und der Herr Nottbrock, ein Notar.«

»Guten Tag, die Herren.«

Herbert gab jedem von ihnen die Hand.

»Die Herren sind hier, um unseren Übergabevertrag zu beglaubigen. In den Jahren, in denen Sie für uns tätig waren, ist Ihr Bestand ganz schön gewachsen. Es ist schade, einen so guten Mitarbeiter zu verlieren. Aufgrund der Höhe der Abfindung, ist eine Beglaubigung notwendig. In dem Vertrag wird ferner festgelegt, an welche Regularien Sie sich halten müssen. Ansonsten wird eine Rückzahlung fällig«, fuhr Wolfgang fort.

»Regularien, was für Regularien? Außerdem über was für eine Summe reden wir eigentlich?«

Herbert war sichtlich verwirrt. Er hatte nicht gewusst, dass es Regularien geben würde. Dazu kam die Summe, an die er dachte, war gar nicht so hoch.

»Es ist nichts Großartiges, lediglich eine Rückversicherung, dass Sie unsere Kunden nicht später für eine andere Versicherung abwerben. Die Summe steht hier unter Punkt fünf im Vertrag.«

Nun wurde Herbert ganz schummerig. Der Betrag, der da stand, war knapp eine halbe Millionen Euro. Er schluckte. Gerechnet hatte er mit sechzig bis hunderttausend. Das übertraf seine Vorstellungen bei Weitem.

»Nun gut gehen wir es an«, sagte Herbert dann.

Es dauerte drei Stunden, bis alles erledigt war. Der Notar musste zum Schluss sogar alles noch einmal vorlesen, damit er seine Pflicht erfüllen konnte. Das viele Geld sollte innerhalb von fünf Tagen auf sein Konto eingehen. Zum Glück hatte Sybille keine Einsicht auf sein Geschäftskonto.

Als er auf dem Boot ankam, es war bereits Abend geworden, prüfte er seine E-Mails. Patrizia hatte ihm endlich geschrieben. Das war das erste Mal seit ihrem letzten Treffen:

Hallo Werner,

ich habe lange über uns und unsere gemeinsame Zeit nachgedacht. Ich fand es sehr schön mit dir! Leider bin ich nicht bereit mein Leben aufzugeben. Ich liebe meinen Mann sehr, auch wenn er mir nicht das im Bett bieten kann, wonach ich mich sehne. Das allein ist aber kein Grund, alles was wir haben wegzuwerfen. Ich hoffe, du verstehst das und verlässt deine Frau nicht meinetwegen. Ich denke, es ist besser, wenn wir uns erst einmal nicht mehr schreiben.

In Freundschaft

Patrizia

Es sollte also vorbei sein.

Nun war Herbert allein!

11. Die Schweinerei im Pornokino

So allein und ohne ein festes Ziel schweiften Herberts Gedanken immer wieder um seine nächste Tat.

Ein neuer Tatort musste her. Nur sollte er weiter im Verborgenen arbeiten oder war es nun an der Zeit ins Licht der Öffentlichkeit zu gehen?

Er überlegte lange und stellte fest, dass es egal war. Es gab niemanden mehr, dem er schaden konnte, außer sich selbst.

Sicherlich, sterben wollte er nicht, aber Gefängnis oder Psychiatrie?

Nein, seine Freiheit war das Einzige, was ihm blieb. Somit musste er seine Taten gut planen. Eine Tat aus Leidenschaft musste gut geplant sein, auch wenn das seltsam klang.

Er ließ sich Zeit, wollte nichts überstürzten. Einige Ideen schwirrten durch seien Kopf.

Doch war die Wahl des Tatortes nicht sein einziges Problem. Wo sollte er sein neues Opfer herbekommen? Das Internet hatte er schon genug ausgeschöpft. Die Polizei würde bestimmt bald dahinter kommen, wenn er weiter Datingseiten benutzte.

Es standen ihm auch neue Wege offen, jetzt wo er allein war. Eine Frau abschleppen wäre vor Kurzem noch undenkbar gewesen. Jetzt als Single hatte er die Möglichkeit zu tun, was immer er wollte, ohne Angst vor Sybille zu haben.

Den Gedanken schob er erst mal beiseite. Die Trennung war noch zu frisch. Auch wenn er nicht sehr an ihr hing, war es doch seltsam.

Es waren bereits zwei Tage vergangen, seit Patrizia ihm geschrieben hatte. Er setzte sich in sein Auto und fuhr einfach drauflos. Auf dem Boot konnte er nicht mehr klar denken.

Alles erinnerte ihn an seine Geliebte. Patrizia fehlte ihm sogar mehr als Sybille.

Zuerst fuhr er nach Aurich. Ihm fiel allerdings nicht ein, was er dort sollte. Also fuhr er weiter. In Norden gab es einen Jahrmarkt, dort kaufte er sich gebrannte

Mandeln. Diese aß er dann auf seiner Fahrt den Deich entlang bis Wilhelmshaven. Seine Gedanken waren immer noch auf Patrizia und Sybille fixiert. Keine neuen Ideen kamen ihm. Es schien, als sei seine Kreativität mit den Frauen verschwunden.

Als er durch Wittmund fuhr, sah er einen Sexshop mit Pornokino. Es war ihm noch nie aufgefallen. Allerdings hatte er früher auch nicht auf so etwas geachtet.

Zuerst schaute er sich im Laden um.

Die Kassiererin begrüßte ihn, »Moin, kann ich Ihnen behilflich sein?«

Sie war jung, etwa Mitte zwanzig. Sie hatte schwarze Haare und ein Piercing in der Nase. Ihre Figur würde Herbert als Durchschnitt beschreiben. Ihre Kleidung war ebenfalls schwarz. Sie stand wohl auf Gothic.

»Nein danke, ich schaue erst mal nur« war seine Antwort.

Es gab hier eine Menge Kram, das meiste in diesem Laden war jedoch Spielzeug für Frauen. »Komisch«, dachte er, »eigentlich sind es doch eher die Männer, die sowas kaufen.«

Nach einer Weile bemerkte er, dass der

Laden nicht so gut besucht war. Vielleicht würde er sogar im Kino ungestört sein, und sollte ihn doch jemand stören hatte er noch eine Würgeschlinge und ein Taschenmesser dabei.

»Eine Karte für das Kino bitte. Ist denn schon viel drinnen los?«

Die Kassiererin antwortete geschäftsmännisch, »Das weiß ich leider nicht. Der Eintritt ist für den ganzen Tag. Sie können ja erst mal nachsehen, und wenn es Ihnen nicht zusagt, einfach später wiederkommen. Das macht dann zehn Euro.«

Er legte das Geld auf den Tresen und nahm die Karte aus ihrer Hand.

Im Kino schaute er sich erst einmal um. Es gab einige kleine Räume mit Fernsehern, auf denen die unterschiedlichsten Filme liefen. Weiter hinten gab es noch ein paar größere Räume. Auch hier standen Fernseher. Allerdings ganz hinten war ein Zimmer ohne Licht und Fernsehen. Das musste der Darkroom sein, von dem er schon so viel gehört hatte.

Er setzte sich erst einmal in einen kleinen Raum nahe bei der Tür. Im Moment war er noch allein. So konnte er sehen, wenn jemand rein kam.

Er genoss den Film, in dem zwei junge Herren mit einer Blondine vögelten. An seiner Hose öffnete er den Knopf und den Reißverschluss. So konnte er mit seiner Hand ein wenig an sich rumspielen. Es war gar nicht so schlecht. Sollte es ihm zu gut gefallen, standen überall Kosmetiktücher.

Er saß gefühlte zwei Stunden in dem Kino und hatte auch schon ein paar der Kosmetiktücher gebraucht, da kam plötzlich jemand rein.

Ein Kerl Mitte vierzig, kurze Haare und normale Figur. Auf der Straße hätte Herbert ihn nicht wahrgenommen. Hier drin jedoch, war er ein Störfaktor.

Zuerst ging der Kerl in einen anderen Raum und machte womöglich dasselbe, was Herbert gerade getan hatte.

Nach etwa zwanzig bis dreißig Minuten jedoch, kam er zu Herbert rüber, der immer noch mit offener Hose dasaß.

»Na Süßer, ist es in Ordnung, wenn ich dir einen blase?«,

fragte der doch tatsächlich.

Geschockt und überrumpelt wusste Herbert zuerst keine Antwort. Sekunden später kam ihm jedoch eine Idee.

»Klar, lass uns aber bitte in den Darkroom gehen. Dann kann ich meiner Fantasie besser freien Lauf lassen.«

»Klar, kein Ding, ich kenne das. Bist wohl noch recht neu hier?!« der Typ grinste.

»Ja, ist mein erstes Mal«, und das war nicht gelogen.

Zumindest was den Sexteil anging.

»Was für ein Süßer«, dachte sich Christian. »Geil, dass ich ihm einen blasen darf. Hoffentlich revanchiert er sich später auch.«

Im Darkroom angekommen· »Na, dann lass mal die Hosen runter«, sagte Christian und kniete sich voller Vorfreude auf den Boden.

Jedoch lief irgendetwas nicht so, wie er gedacht hatte. Der Fremde stand plötzlich hinter ihm und nicht vor ihm. Etwas schnürte ihm die Kehle zu. Der Versuch um Hilfe zu rufen war zwecklos.

Seine Gedanken verschwanden im Nichts.

Kaum hatte Herbert bemerkt, dass der Fremde das Bewusstsein verlor, hörte er auf zu würgen. Doch der machte immer noch krächzende Geräusche. Ein gurgelndes Geräusch ersetzte schon bald das Krächzen.

Nach etwa einer Minute war es ganz still.

Was war geschehen?

Herbert bekam ein bisschen Angst, der Boden unter ihm wurde auch ganz rutschig.

Was war passiert?

Hatte der Kerl etwa alles vollgepisst?

Er bückte sich, um zu fühlen, was mit dem Kerl los war.

Er schien tot zu sein.

Das ging zu schnell, Herbert war enttäuscht und auch etwas verängstigt. Als er den Raum verließ, wurden seine Befürchtungen Gewissheit. Er hatte das Blut des Fremden an den Händen und unter seinen Schuhen.

Die erste Packung Kosmetiktücher die in seiner Reichweite stand benutzte er, um sich abzuwischen und den Boden der außerhalb des Darkrooms lag abzuwischen.

Zum Glück kam niemand rein. Die Tücher mit dem Blut entsorgte er im Klo, das auch mit im Kinobereich war. Als nächstes wusch er Schuhe und Hände gründlich ab. Seine Kleidung zog er komplett aus und untersuchte sie auf Spuren.

Nichts zu sehen. Die Spuren an ihm waren beseitigt. Das Werkzeug, das er benutzt hatte, lag noch um den Hals des Toten. Gut, dass er vorher Handschuhe angezogen hatte. Es gab zwar in der Kabine Fingerabdrücke von ihm, aber er glaubte nicht, dass hier oft saubergemacht wurde. Somit waren hier viele verschiedene Fingerabdrücke. Seine herauszufinden würde hoffentlich unmöglich sein.

Jetzt gab es nur noch ein Problem. Die Kassiererin.

Hoffentlich gab es in dem Laden keine Kameras.

Er ging nach vorn, raus aus dem Kino. Der Laden war leer. Keine Kunden, Herbert atmete erleichtert durch. Zuerst tat er so, als würde er zum Ausgang gehen. Diesen verschloss er und drehte das Türschild auf geschlossen. Kameras sah er nur eine an der Decke. Er schlich sich von hinten an die Kassiererin und packte sie bei den Haaren. Sein Messer legte er an ihre Kehle.

»Wo werden die Videos der Sicherheitskamera aufgezeichnet?«

Sie weinte, »Hinter mir steht ein alter Videorekorder. Der nimmt alles auf. Sofern der überhaupt funktioniert. Die Kasse geht auf, wenn sie den Knopf da drücken.«

Ihr linker Zeigefinger zeigte Richtung Kassen.

»Das habe ich dich nicht gefragt. Dein Scheiß Geld ist mir egal! Los, nimm die Kassette raus«

Sie tat alles, was er sagte. Am liebsten hätte sie um Hilfe gerufen, doch das Messer an ihrem Hals machte ihr zu große Angst. Dieser beschissene Job. Ständig hatte sie es mit Perversen und Irren zu tun. Wenn sie nicht das Geld für ihren kleinen Sohn gebraucht hätte, würde sie hier gar nicht arbeiten. Nun jedoch ging es ihr zu weit. Sobald sie diesen Scheiß Überfall hinter sich hatte, wollte sie kündigen.

»Kann man das Band hier irgendwo abspielen?«

»Ja, im Kino in einem Schrank sind die Rekorder für die Pornos.«

»Sie gehen vor, aber hübsch langsam! Wir wollen ja nicht, dass ich abrutsche.«

Sie gingen in den hinteren Bereich des Kinos. Sie öffnete einen Schrank und legte das Video in einen der Rekorder ein.

»Dort drüben in dem Raum ist der Film nun zu sehen«, sie zeigte ihm den richtigen Fernseher.

Das Überwachungsband hatte seine besten Zeiten hinter sich. Auf dem Film waren mehr Streifen, als alles andere. Trotzdem würde er es besser mitnehmen.

Nun war die Kleine an der Reihe. Mit dem Messer hatte er nur gedroht, zu viel Schweinerei. Jetzt machte er ernst.

»Los hinknien!«, befahl er.

Sie gehorchte.

Victoria machte alles, was er wollte. Nun schien es so, dass sie zur Krönung noch vergewaltigt wurde.

Warum sonst, sollte sie sich hinknien?

Das würde sie auch noch schaffen. So

schlecht sah der Irre ja nicht aus. Sie stellte sich grade darauf ein ihm einen zu blasen. Da packte er ihren Kopf an Kinn und Nacken.

Scheiße!

Es knackte einmal, ziemlich unwirklich klang das Geräusch. Danach sackte sie zu Boden. Herbert räumte ihre Leiche in den Darkroom. Hier würde man sie sicher zuletzt suchen. Danach fuhr er zurück zum Boot.

Dieses machte er sofort los und startete den Motor.

Erst mal raus aufs Meer. Sollten sie ihn suchen, hatte er hier die besten Chancen nicht gefunden zu werden.

Durch sein Radio und Satellitenfernsehen konnte er zumindest vermuten, ob nach ihm gesucht wurde.

Mist, das hätte nicht passieren dürfen!

12. Auf Kundenbesuch

Herbert war drei Tage auf hoher See, bis ein lokaler Radiosender endlich etwas über den Mord berichtete:

»Am gestrigen Abend machte der Besitzer eines Erotikgeschäftes in Wittmund eine schreckliche Entdeckung. Er fuhr zu seinem Geschäft, da Kunden sich darüber beschwerten, dass der Laden schon längere Zeit geschlossen hatte. Als er in den hinteren Teil des Ladens ging, fand er seine Angestellte und einen fremden Mann tot auf. Es stellte sich heraus, dass beide ermordet wurden. Es wird vermutet, dass der Mann versuchte die Frau vor einer Vergewaltigung zu retten, als er Schreie im Laden hörte. Wie sich herausstellte, handelt es sich bei dem Mann um einen Soldaten, der hier in Wittmund stationiert ist. Die Polizei und das Feldjägerkommando ermitteln gemeinsam in diesem Fall. Zurzeit jedoch scheint es noch keine Anhaltspunkte zu geben, die zum Täter führen.

Für sachdienliche Hinweise kontaktieren

Sie bitte die nächste Polizeidienststelle.«

Das beunruhigte ihn ein wenig. Ein Soldat. Jetzt hatte er auch noch Stress mit den Feldjägern. Er hoffte, dass sich die Wogen bald glätteten und die Polizei einen Gang zurückschalten würde. Auf See sollte er erst einmal sicher sein.

Am meisten hatte er sich darüber geärgert, dass es schon wieder ein Sexualstraftäter getan haben sollte. Ging es auf dieser Welt denn nicht auch mal ohne Vergewaltigung. Ein Mord um des Mordens willen war heute wohl nicht mehr gefragt.

Herbert rationierte seine Vorräte und beschloss so lange wie möglich auf See zu bleiben. Hier konnte er sich weitere Gedanken machen.

Wie sollte er weiter vorgehen?

War sein Boot überhaupt noch sicher?

Hatte jemand sein Auto gesehen?

Alles Fragen, die ihm durch den Kopf gingen. Er lenkte sich damit ab, neue Methoden für einen Mord zu kreieren.

Die Vorräte reichten für eine Woche. Dann musste er wieder an Land. Das Auto ließ er lieber am Hafen stehen.

Wenn es jemand gesehen hatte, würden sie es jetzt beobachten.

In der Nähe des Hafens konnte er erst mal das Nötigste kaufen. Lebensmittel, Wasser und Hygieneartikel. Dazu ging er in den Supermarkt.

Es dauerte fünf Minuten, bis er dort ankam. Im Laden schnappte er sich einen Einkaufswagen und begab sich zur Gemüseabteilung nahe des Eingangs.

Plötzlich tippte ihm jemand auf die Schulter während er darin vertieft war, sich die knackigsten Äpfel herauszusuchen.

Sichtlich erschrocken drehte er sich um. Die Angst stand ihm ins Gesicht geschrieben.

»Hallo Herbert, erkennst du mich nicht?«

Eine attraktive Frau um die Vierzig stand vor ihm. Sie hatte schulterlanges blondes Haar, eine prima Figur und war recht freizügig gekleidet.

»Hallo Sandra, schön dich zu sehen« gab er zur Antwort.

Sandra war seine Kundin bei der Cortalis Versicherung. Sie war wohlhabend und Single. Sie verdiente ihr Geld mit Kunst.

Sie arbeitete ab und zu für eine Galerie und schätzte den Wert von Gemälden.

»Alles in Ordnung mit dir? Du siehst ganz schön bleich aus.«

»Alles in Ordnung, ich war nur gerade so vertieft und habe mit niemandem gerechnet.«

»Na dann ist ja gut. Was machst du hier in Emden? Ich dachte, du wohnst in Leer.«

»Ich habe mich von meiner Frau getrennt und lebe jetzt auf meinem Boot. Und bei dir so?«

»Oh, das mit deiner Frau tut mir leid. Bei mir ist alles wie immer. Ich hatte versucht, dich im Büro zu erreichen. Ich muss an meiner Autoversicherung was ändern. Wann hast du denn Zeit?«

Noch einmal wollte sich Herbert so eine Chance nicht durch die Lappen gehen lassen. Den Betrunkenen ließ er damals davonkommen, sie jedoch nicht. Scheinbar hatte Sandra keine Ahnung, dass er gekündigt hatte. Als er noch für die Versicherung arbeitete, waren Kunden tabu. Dieses Tabu gab es jetzt nicht mehr.

»Falls du Zeit hast, kannst du kurz mitkommen. Ich habe alle nötigen Unterlagen auf meinem Boot.«

»Das hört sich ja prima an. Bist du mit deinem Auto hier?«

»Nein, ich bin gelaufen. Warum?«

»Hast du Lust bei mir mitzufahren?«

»Klar, warum nicht.«

So fuhr er mit Sandra zu seinem Boot. Das Auto musste er später natürlich verschwinden lassen. Am Hafen war es zu auffällig.

Sie half ihm sogar alles aufs Boot zu tragen, was er gekauft hatte. Ein nützliches Opfer. An Bord zeigte ihr Herbert erst einmal das Boot.

»Wo soll ich die Sachen hinstellen?«

»Dort vorne auf den Tresen. Danke fürs Helfen. Soll ich dir er einmal mein Boot zeigen?«

»Klar, das wäre super.«

Herbert fing an Deck an und erklärte ihr die Steuerung. In der Kajüte zeigte er ihr zuerst den vorderen Teil.

»Und was ist in dem Raum dort hinten?«, fragte sie.

»Geh ruhig rein. Ich folge dir. Dort ist es etwas eng.« Perfekt, hoffentlich schrie sie nicht gleich.

Sandra kannte Herbert schon lange. Sie konnte ihn gut leiden. Am liebsten hätte sie ihn mal vernascht. Jüngere Männer waren ihr Ding. Bis heute konnte er ihr doch widerstehen. Heute, so hoffte sie, würde das anders sein. Das Boot war ja toll, doch noch hatte sie das Schlafzimmer nicht entdeckt.

Hielt er es etwa vor ihr versteckt?

Nun öffnete sie die Tür zum letzten Raum an Bord. Hier musste das Schlafzimmer sein.

»Doch was waren das für komische Sachen?«, waren ihre letzten Gedanken, bevor sie zu Boden ging.

Herbert hatte ihr einen Gummiknüppel über den Kopf gehauen. Das war besser als die Drahtmethode. Die ging ja gründlich schief.

Nachdem er sie gefesselt und geknebelt hatte, ging er noch einmal von Bord. Tanken musste er ja auch noch. Es dauerte etwa eine Stunde, bis alles erledigt war. Danach legte er ab.

Als das Boot stoppte, ging er zurück zu seinem Opfer, das immer noch bewusstlos dalag. Gestreckt bis zum Äußersten. Nicht so fest, dass Gliedmaßen ausgerenkt wurden. Geduldig wartete er, bis sie aufwachte.

»Wo bin ich?«

»Was ist geschehen?«

Sandra war orientierungslos. Als sie merkte, dass sie gefesselt wurde, bekam sie Angst. Herberts Anblick verwirrte sie. Er war doch ihr Freund.

Warum hatte er sie gefesselt?

Wollte er sie vergewaltigen?

Das hätte er auch einfacher haben können. Schließlich wollte sie ihn heute eh vernaschen.

Herbert beugte sich über sie und nahm ihr den Knebel ab.

»Was hast du mit mir vor?«, war ihre erste Frage.

Herbert grinste sie nur an.

»Wenn du mich vergewaltigen willst, das hättest du dir sparen können. Ich war eh scharf auf dich, doch jetzt möchte ich lieber gehen. Wenn du jetzt keinen Fehler machst, gehe ich auch nicht zur Polizei.«

Herbert fing an, ihre Kleidung mit einem Messer, zu öffnen.

»Sag mal, spinnst du, das war teuer. Mach mich sofort los!«

Wieder keinerlei Reaktion auf ihre Worte. Herbert machte einfach weiter.

»Hilfe, Hilfe Polizei! Hier ist ein Irrer, der mich vergewaltigen will.«

Nun begann sie, sich zu wehren.

Herbert hatte nun die Kleidung entfernt. Heute machte er sich den Spaß sie zuerst zu fingern. Mit den Handschuhen würde das schon keine Spuren hinterlassen.

Scheinbar wollte sie der Kerl echt vergewaltigen. Irgendwie gefiel es ihr. Die Wehrlosigkeit und dass er die Kontrolle hatte. Es bereitete ihr Lust.

Als Herbert merkte, dass sie anfing, leise zu stöhnen, hörte er auf. Es sollte ja ihm Spaß machen und nicht ihr.

Nun nahm er sich eine Bohrmaschine.

Einen Zehner Bohrer für Metall und ging zu ihren Beinen. Langsam näherte er sich mit dem Bohrer ihrer linken Kniescheibe. Herrlich, wie sie dabei wahnsinnig wurde vor Angst. Sie schrie richtig laut, als er begann, ein Loch in ihr Knie zu bohren. Als er auf der andren Seite der Kniescheibe merklich wieder in Fleisch bohrte, hörte er auf.

»Scheiße, was passiert hier?«

»Erst macht der Typ mich geil und jetzt kommt der mit einer Bohrmaschine.«

»Was hat der damit vor?«

»Nein, nicht in mich bohren. Meine Beine brauch ich doch noch.«

»Verdammt, hau mit dem Ding ab oder ich mach dich fertig! Ich schwöre, ich bring dich um! Geh weg! AAAAAAAAaaaaahhhhhhhh«

Das Schreien war das Einzige, was sie im Moment noch konnte. Der Schmerz war zu groß.

Das fand Herbert schon einmal erheiternd. Sie war ein tolles Opfer. Im Leiden war sie großartig. Als Nächstes wollte er ihr etwas absägen.

Damit wartete er jedoch, bis sie aufhörte zu schreien. Es reichte ihm, dass sie weinend dalag.

Sandra hatte aufgegeben mit Herbert zu sprechen, dazu hatte sie keine Kraft. Ihr das Knie so weh.

Was war nur geschehen, dass dieser Kerl plötzlich so durchdrehte?

Hoffentlich ließ er sie bald gehen!

Er schlich sich mit der kleinen Eisensäge in der Hand förmlich an sie ran. Sie schrie richtig auf vor Schreck, als er ihren linken Fuß packte. Langsam bewegte er die Säge immer wieder hin und her. Blut lief über die Wunde. Die Schreie waren ohrenbetäubend. Er trennte ihr den Fuß oberhalb des Knöchels ab. Das gab vielleicht eine Schweinerei.

Sandra hatte nur noch Angst und Schmerzen. Plötzlich packte etwas ihren Fuß. Sie schrie so laut sie konnte. Dann wurde es schlimmer. Jemand fing an ihr den Fuß abzuschneiden. Wahnsinnige Schmerzen machten sich breit.

Sie nahm nichts mehr wahr, außer Schmerzen.

Als Herbert fertig mit seinen Sägearbeiten war, verödete er die Wunde wieder mit einem heißen Eisen. Sie sollte ja nicht zu schnell sterben.

Sie verlor dabei das Bewusstsein, das brachte ihn auf eine Idee.

Doch zuerst musste er ihre Beine fixieren. Durch den fehlenden Fuß wurden die Fesseln witzlos und der Greifzug wurde überflüssig. Er holte einen längeren Bohrer und bohrte erneut durch ihr Knie und dann durch die Platte unter ihr. Zuerst verödete er das Loch in ihrem Knie, um den Blutverlust zu stoppen. Dann holte er etwas Werkzeug. Die Gewindestange, die er noch hatte, ging perfekt durch die Löcher. Auf beiden Seiten der Stange befestigte er Muttern mit Unterlegscheiben. Das gleiche machte er nun auch mit dem rechten Bein. Danach zog er den Greifzug so fest an, dass die Gewindestangen in den Knien sichtlich belastet wurden.

Als er fertig war mit dem handwerklichen Kram, überzeugte er sich noch einmal davon, dass sie nicht verbluten würde.

Um so lange wie möglich Spaß zu haben, nutzte er sogar etwas von seiner medizinischen Ausrüstung. Er legte ihr einen Tropf mit Kochsalzlösung und füllte etwas Glucose mit einer Spritze zusätzlich in den Beutel.

Als alles erledigt war, legte er sich schlafen.

Mitten in der Nacht wurde er wach. Sandra schrie wie am Spieß. Sie musste wahnsinnige Schmerzen haben.

Er ging zu ihr und erfreute sich an ihrem Leid. Nun konnte er seine Idee umsetzen. Denn das Geschrei erheiterte ihn zwar, ging aber ganz schön auf die Ohren.

Er machte eine Zange heiß und die Stange, die er zum Veröden brauchte. Während das Werkzeug vorbereitet wurde, ging er runter zu ihr und legte ihr das Ding an, das ihr den Mund offen hielt.

War gar nicht so einfach anzulegen, wenn sich die Person so wehrte. Es gelang ihm jedoch nach einiger Zeit.

In Sandras Kopf gab es nur noch Schmerz. Klare Gedanken oder gar Angst waren hinter den Schmerzen verschwunden. Alles, was sie noch konnte, war weinen, schreien und versuchen nicht weiter von dem Irren verunstaltet zu werden.

Herbert holte sich die Zange und ein Messer. Die Stange brachte er auch mit und legte sie neben sich ab.

Mit der Zange griff er nach ihrer Zunge, die versuchte, dem zu entgehen. Sie hatte keine Chance sich zu wehren. Als er die Zunge endlich zu fassen bekam, ließ er sich Zeit. Zuerst schnitt er nur oberflächlich, dann wartete er einige Minuten mit der blutenden Zunge, die von der Zange gehalten wurde. Nach etwa fünf Minuten fasste er sich ein Herz und schnitt sie ganz ab. Den blutenden Stumpf in ihrem Mund verödete er wieder.

Dieses Mal nutzte er die Zeit ihrer erneuten Ohnmacht. Er holte sich Nähzeug und fing an ihre Augenlider zusammenzunähen. Als er damit fertig war, nahm er ihr das Teil aus dem Mund und nähte ihn ebenfalls zu.

Nun konnte er ungestört schlafen.

Am nächsten Nachmittag wurde er wach. Es war ruhig, die See war friedlich. Nach einem Frühstück und einer langen Dusche, beschloss er, erst einmal zu masturbieren.

Als er völlig entspannt auf seinem Bett lag, dachte er über sein weiteres Vorgehen nach. Ihm kam eine gute Idee, wie er Vergewaltigung als Tatmotiv ausschließen konnte.

Zurück im Raum mit Sandra genoss er für kurze Zeit sein Werk.

Sie lag da nackt und mit Blutresten überall. Sie zitterte und man konnte ihr Wimmern hören. Trotz der fehlenden Zunge und des vernähten Mundes. Wunderschön.

Herbert spürte die Panik in ihr, als er sie an den Beinen berührte. Sein Nähzeug legte er neben sich und fädelte einen neuen Faden in eine Nadel. Dieses Mal sollte sie spüren, wie er nähte. Er begann am oberen Rand ihrer Schamlippen und durchbohrte dabei sogar den Kitzler.

Irgendwie schade, dass sie nicht schreien konnte. Er genoss ihr Zappeln und Aufbäumen.

Sie musste wahnsinnig leiden.

Er ließ sich Zeit beim Nähen. Zur Sicherheit legte er sogar noch eine zweite Naht über die erste. Dafür brauchte er dreißig Minuten.

Sandra hatte nur noch einen Gedanken in ihrem Kopf. Nicht der Schmerz oder gar die Flucht. Nein es war, "Ich will sterben."

Zufrieden mit seinem Werk lehnte Herbert sich zurück und genoss ihren Anblick. So saß er einige Stunden unter Deck mit der leidenden Frau.

Als er nach oben ging, war es schon wieder dunkel. Zwei Tage hatte er nun schon von den Leiden seines Opfers zehren können. Morgen durfte sie gehen. Diese Nacht wollte er sich noch schenken.

Nach dem Abendbrot ging er wieder zu ihr. Sie lag unverändert da und war schon fast am Ende ihrer Kräfte. Das merkte er, denn sie bewegte sich kaum noch.

Ein weiterer Tropf sollte sie noch bis morgen durchhalten lassen.

Herbert setzte sich zu ihr und verbrachte die Nacht damit, ihre Qual zu genießen.

Am nächsten Morgen ging er zu Bett und schlief eine Weile, um Kräfte zu tanken. Nach einem Frühstück ging er zurück zu ihr.

Sie war nur noch ein Häufchen Elend. Fast schon tat sie ihm leid. Deshalb beschloss er es schnell enden zu lassen.

Zuerst öffnete er ihre Augen mit einem Bastelmesser. Er machte es ganz vorsichtig. Schließlich wollte er ihr in die Augen schauen, wenn es zu Ende ging. Doch sie machte die Lider nicht auf. Vielleicht war sie schon zu schwach. So entschied er sich kurzerhand, die Augenlider mit dem Bastelmesser zu entfernen. Tränen liefen ihr über das Gesicht. Doch ihre Augen schauten ins Leere.

Ob sie überhaupt noch da drin war?

Herbert nahm sich ein großes Messer und Schnitt ihr die linke Brust ab. Von Sandra kam keine Regung mehr, also nahm er das Messer und stach ihr damit ins Herz.

Ihre Augen entspannten sich. Sie konnte nichts mehr sagen, doch so bedankte sie sich dafür, dass sie nun ihren Frieden finden konnte.

Herbert war etwas traurig darüber, sie schon sterben lassen zu haben. Es schien zu guter Letzt, dass doch noch Leben in ihr war.

Irgendwie enttäuscht, begann er sauberzumachen. Seine Gedanken kreisten immer wieder um seine Taten.

Vielleicht war es doch Zeit aus dem Verborgenen ans Licht zu gehen?

Darüber dachte er nach, selbst als er Sandras Wagen auf dem Parkplatz eines Supermarktes weit entfernt vom Hafen abstellte. Auf dem Fußweg zurück zum Boot, versuchte er seine Gedanken zu sammeln.

Was nun?

13. Ein Besuch im Kino

Herbert dachte einige Tage über seine Zukunft nach und über das, was er noch erreichen wollte. Es musste etwas sein, das nicht so schnell vergessen wurde. Etwas großes.

Im Internet recherchierte er einige Möglichkeiten. Es gab mehrere Varianten, um eine Gruppe von Menschen sterben zu lassen.

Senfgas war eine Möglichkeit, jedoch würde er mit einer Schutzmaske zu sehr auffallen. Also musste ihm etwas anderes einfallen.

Vielleicht sollte er für seinen großen Auftritt doch noch einmal zum Feuerteufel werden.

Im Internet gab es alles, was er dafür brauchte: Salpetersäure, Schwefelsäure und Salpeter als Pökelsalz. Den Rest besorgte er im Baumarkt. Holzbalken, einige Gefäße die säurebeständig waren, alles für eine Vakuum-Destillieranlage und einen blauen Overall.

Zucker kaufte er noch im Supermarkt.

Zurück an Bord legte er ab und fuhr auf die See hinaus. Beobachtet oder gar gestört werden wollte er ja nicht.

Nachdem er sich Schutzkleidung angezogen hatte und seine Maske auf Dichtigkeit überprüft war, fing er an.

Die Salpetersäure und Schwefelsäure mischte er, um die Salpetersäure zu konzentrieren. Das Gemisch wurde mit Hilfe von einer Anlage aus Baumarktartikeln destilliert.

Das Ergebnis ließ sich sehen. Er hatte genug achtundneunzig prozentige Salpetersäure, um damit seinen Flachmann zu füllen. Der fasste etwa fünfhundert Milliliter.

Nun ging er in die Küche. Dort mischte er den Zucker mit dem Pökelsalz. Unter Zugabe von ganz wenig Wasser zerkochte er das Gemisch. Die daraus entstandene Flüssigkeit füllte er in Ü-Ei-Plastikbecher. Zum Zünden sollten zwei Wunderkerzen reichen, die er in der Masse mit antrocknen ließ.

Zum Schluss wurde das Gemisch im Topf zu heiß und fing an zu brennen. Das gab vielleicht eine Rauchwolke. Der Topf wurde kurzerhand über Bord geworfen. Es dauerte eine ganze Weile, bis er in der Kajüte wieder etwas sehen konnte.

Als er fertig war, ging es zurück aufs Festland.

Er fuhr mit seinem Auto nach Bremen in ein großes Kino.

Dort angekommen kaufte er eine Karte für einen Film. Der neue Tatort musste ausgekundschaftet werden. Der Film, den er einigermaßen ertragen konnte, lief in Saal vier.

»Eine Karte bitte für den neuen Batman-Film.«

»Das macht neun Euro.«

»Neuen Euro, früher hatte Kino mal drei Mark gekostet!«

»Früher gab es ja auch noch kein 3D!«

»Was für ein arroganter Arsch«, dachte sich Herbert.

Er zahlte den Preis und ging in die Vorstellung.

Vorher kaufte er noch eine Cola.

Es gab zwei Notausgänge und zwei Türen, die zurück in den Vorraum führten.

Mitten im Film ging er auf die Toilette. Es

war, außer der Süßwarenverkäuferin, niemand zu sehen. Das war schon einmal nicht schlecht. Die Türen zum Kinosaal waren beide geschlossen. Auch das half bei seinem Plan. Nun musste er herausfinden, wohin die Notausgänge führten. Das war nicht ganz so einfach, denn die Türen waren alarmgesichert.

Sollte er ein paar Jugendliche schmieren. Damit sie eine Tür für ihn öffneten?

Nein, die würden sofort alles ausplaudern, wenn der Ärger zu groß wird.

Er wartete, bis der Film zu Ende war und ging einfach aus einer der beiden Türen raus. Sofort schrillte der Alarm los. Doch er ignorierte es einfach und ging zurück zu seinem Auto. Er konnte beim Wegfahren noch sehen, wie ein Kinoangestellter hinter ihm her wollte.

»Hey, bleiben Sie stehen!«

Er hatte allerdings keine Chance, denn einige der anderen Besucher folgten ihm. Somit kam der Kerl nicht hinterher. Seine Nummernschilder waren falsch. So konnte er auch nicht später belangt werden, falls der ungebildete Depp vom Kino überhaupt lesen konnte.

Zurück in Emden machte er sich einen

Plan für den nächsten Tag. Die Balken-
länge für die Außentüren hatte er sich an
seine Hose gezeichnet. Zur Sicherheit gab
er noch einmal drei Zentimeter hinzu und
schnitt sie dann auf Länge. Die inneren
Türen waren nicht so leicht. Eine konnte
er offen lassen doch die Zweite musste er
auch verschließen.

Ein Seil sollte die Leute davon abhalten,
den Raum zu verlassen. Von außen
konnte er im Gang Feuer legen, so würden die Angestellten auch nicht zu der
Tür durchdringen können. Der Rauch
sollte auch für seine Zwecke hilfreich
sein. Die panischen Menschen würden
die Orientierung verlieren.

Der Plan war fertig, nun hieß es warten.
Er schlief einige Stunden. Das tat ihm
gut und er war voll konzentriert, wenn es
losging.

Ganz aufgeregt fuhr er nach Bremen. Das
Kino hatte bereits geöffnet, als er ankam.

Er wollte jedoch zu der Hauptvorstellung
um zwanzig Uhr.

Er ging trotzdem rein. Jetzt konnte er
sich noch einen Sitzplatz aussuchen.
Ausgerechnet heute lief eine Liebes-
schnulze in Kinosaal vier.

Womit hatte er das nur verdient?

Naja, zu Ende schauen wollte er den Film ja eh nicht. Sein Platz lag ganz in der Nähe des Ausganges.

Eine halbe Stunde bevor der Einlass begann, verbarrikadierte er die Notausgänge mit den dicken Holzbalken. Um keine Aufmerksamkeit dabei zu erregen, zog er sich dafür den Overall an, den er gekauft hatte.

Die Balken passten perfekt unter die Klinken der Türen. Zur Sicherheit schraubte er oben noch eine Schelle drauf. So konnten sie nicht wegrutschen.

Er war rechtzeitig zum Einlass in den Film wieder umgezogen.

Wahnsinn, es waren fast hundert Leute in dem Kinosaal. Das hätte er sich nicht träumen lassen. Schade, dass er nicht zuschauen konnte, wie die Panik begann und die Leute sich gegenseitig platt trampeln.

Der Film war ungefähr zu zwei Dritteln vorbei. Es gab gerade den Herzschmerzmoment, den jeder dieser Schnulzen hatte.

Die Gelegenheit für Herbert. Die meisten der Kinogäste hatte gerade ein Taschentuch vor den Augen, als er zum Ausgang ging.

Die hintere Tür verschloss er mit seinem Gürtel, den er um die Türklinken wickelte. Plötzlich ging die andere Tür auf. Er war nicht der Einzige, der sich zu diesem Zeitpunkt aus dem Film verdrückte. Ein junger Kerl hatte auch genug von dem Geheule. Er beachtete Herbert nicht und ging zum Verkaufsstand in der Vorhalle.

Nun war es so weit, Herbert verteilte die Salpetersäure im Türrahmen. Danach nahm er fünf der Ü-Eier und zündete die Wunderkerzen an. Er hatte sie so gekürzt, dass sie nach etwa zehn Sekunden die Rauchbomben zünden sollten. Schon von den Funken der Wunderkerzen fing der Teppich im Türrahmen Feuer.

Schnell zündete er die restlichen fünf Ü-Eier und verteilte sie im Gang zu der verriegelten Tür.

Der Feueralarm ging los.

Herbert schloss sich einer Gruppe aus einem anderen Kinosaal an und verließ das Gebäude.

Die Sprinkleranlage hatte er vergessen. Sie sorgte zwar nicht dafür, dass das Feuer in der Tür und im Gang ausging, jedoch hielt sich der giftige Rauch im Kinosaal in Grenzen.

Für ihn war es Zeit zu verschwinden.

Im Kinosaal hatte der Hauptdarsteller gerade das Herz seiner Liebsten gebrochen, um es in einem weiteren romantischen Moment wieder zu gewinnen. Plötzlich schrillte der Feueralarm los und die Notbeleuchtung ging an.

Einer rief plötzlich, »Scheiße, das brennt hier wirklich! FEUER!!«

Die Gäste sprangen auf und eilten zu den Notausgängen. Auf dem Weg dorthin konnten sie sehen, dass bereits Flammen durch die Tür des Vorraumes kamen.

»HILFE FEUER«, wurde immer wieder geschrien.

Panik brach aus. Alle versuchten, zu den Notausgängen zu kommen. Es gab ein ganz schönes Geschiebe.

Warum ging es denn nicht weiter?

»Macht doch endlich die Tür auf!«

Nass und voller Panik schoben sich die Leute immer weiter zum Ausgang, doch die Türen gingen nicht auf.

Ein paar der jungen Mädchen, die zuerst an der Tür waren schrien nun laut. Sie wurden von der Masse erdrückt.

Die Luft, die sie zum Atmen hatten, ging langsam aus und die jungen Dinger sackten einfach zusammen.

Doch anstatt ihnen aufzuhelfen, wurde ihr Platz von anderen eingenommen, die ebenfalls gegen die Türen gepresst wurden. Dabei trampelten sie immer wieder auf den ohnmächtigen Mädchen rum.

Der Saal füllte sich langsam mit Rauch und die Ersten begannen zu husten.

Das Feuer wurde immer größer und heißer. Nun waren tatsächlich nur noch die Notausgänge nutzbar.

Warum ging es nicht weiter, die Panik wurde größer und Menschen die ganz hinten standen, begannen nun über die Menschenmenge vor ihnen zu klettern. Einige fielen dabei runter und landeten in der Menge, die sofort anfing, sie totzutrampeln.

Es war ein grausames Beispiel für die Urinstinkte des Menschen. Einzeln war der Mensch zum Denken fähig, doch in der Masse ließ er sich treiben. Flucht war das Einzige, das in den Köpfen der Menschen von Kinosaal vier noch übrig war.

Im hinteren Bereich fielen bereits Leute um, der Sauerstoff wurde knapp und unter den Rauch der Salpeterbombe mischten sich nun die giftigen Gase des Feuers. Die Hitze im hinteren Teil des Saales wurde ebenfalls unerträglich. Nach etwa fünf Minuten gab es bereits Verbrennungsopfer. Die Schreie und der Gestank der Menschen waren unerträglich. Doch niemand versuchte, ihnen zu helfen. Das Schieben wurde nur noch stärker und mehr Menschen wurden zerquetscht.

Es dauerte zwanzig Minuten, bis die Feuerwehr die Türen der Notausgänge gewaltsam öffnete. Bei Beginn der Vorstellung waren hunderteinundzwanzig Menschen im Kinosaal vier. Fünfundsiebzig schafften es aus eigener Kraft durch die Notausgänge, davon wurden alle wegen einer Rauchgasvergiftung in ein Krankenhaus gebracht. Zwanzig sollten ihr Leben lang Atembeschwerden haben. Von den sechsundvierzig anderen schafften es gerade mal zehn bis in die Notaufnahme eines Krankenhauses.

Bis auf drei hatte es keiner von ihnen überlebt.

Die Bilanz:

Fünfundsiebzig Leichtverletzte.

Zehn Schwerverletzte.

Achtunddreißig Tote im Kino. Davon drei Angestellte, die von außen versucht hatten den Menschen zu helfen, die dort eingeschlossen waren.

Von einem fehlt jede Spur.

Nachdem die Katastrophe in den Medien war, bekannten sich fünf Terrororganisationen zu dem Anschlag. Keine konnte jedoch Details zum Tathergang nennen.

14. Die Offenbarung

Herbert fuhr vorbei an den Feuerwehr-fahrzeugen, die mit Blaulicht und Sirene zum Kino unterwegs waren.

Als er in Emden ankam, fuhr er sofort raus aufs Meer.

Zwei Stunden nachdem er die Tat voll-brachte, kam bereits ein Beitrag auf NTV.

Das Einzige, was Herbert nicht gefiel, war der Aufmacher der Story.

Terroranschlag in Bremen.

So ein Mist, erst hielt ihn alle Welt für einen Vergewaltiger und jetzt für einen Terroristen.

Langsam verstand er die Täter, die sich die Mühe machten Botschaften zu verfas-sen, eine sichtbare Spur legten oder sogar bei der Polizei anriefen.

Er wollte immer nur seinen Spaß haben und jetzt verdarb ihm das Fernsehen al-les.

Jetzt hatte er auch eine Botschaft für die Welt da draußen.

»Ich bin hier und warte auf euch. Ob Nacht oder Tag, ob ihr allein seid oder zu vielen. Ich werde euch töten, wenn mir danach ist. Lebt euer Leben in Demut und seid nett. Wer weiß, ob ihr morgen noch die Chance dazu habt?«

Nur wie sollte er die Botschaft verbreiten? Nicht nur die Botschaft war ihm wichtig, auch der Weg, wie sie verbreitet wurde.

Es musste ihm gerecht werden. Die Medien sollten es von allen Dächern trällern. Es ist jemand da draußen und wartet auf euch.

Einhundertzwanzig Leute in Panik waren schon nicht schlecht. Aber morgen würde die ganze Bundesrepublik Angst haben. Keiner würde mehr unbesorgt durch die Straßen laufen. Denn dann würden sie wissen, das Dunkle ist da draußen und kann mich holen, wann immer es will!

Seine Gedanken kreisten nur noch um dieses Thema.

Was würde ihm gerecht werden?

Da schaute er plötzlich in sein Bücherregal und sah ein altes Buch.

Nun wusste er, wie die Nachricht zu verbreiten war.

Das hatte ja schon einmal funktioniert.

Mit diesem Gedanken ging er zu Bett. Er schlief sich richtig aus. Am nächsten Tag sollte es so weit sein. Die Menschen durften ihm ins Gesicht sehen, hinter die Maske des netten Nachbarn. Sie würden endlich die Fratze sehen, die dahinter verborgen war. Eine Fratze aus Albträumen, die selbst Hollywood nicht zeigen konnte, weil sie zu schrecklich war. In den Filmen wurde das Monster immer gefasst und der Hauptdarsteller befreit. Jeder war der Meinung, dass er der Hauptdarsteller ist. Herbert zeigte ihnen nun, dass sie alle nur Komparsen waren, die schreckliche Tode sterben konnten.

Am nächsten Vormittag ging es zurück in den Hafen. Er stieg in sein Auto und fuhr zum Baumarkt. Er kaufte große, dicke Nägel und feste Seile.

Danach fuhr er auf die Autobahn, Richtung Süden. Eine andere Richtung gab es in Ostfriesland ja auch nicht.

Unterwegs musste er zwei Mal tanken, dabei entdeckte er ein Feuerzeug in Form einer Pistole. Das könnte ihm noch einmal behilflich sein.

Sein Weg führte ihn nach Bayern. Hier kannte er aus einem Urlaub, den er mit seiner Familie machte, den perfekten Ort für seine nächste Tat und für eine Nachricht an seine Mitmenschen.

Er hielt in einem kleinen Ort vor einer Kirche. Als er ankam, war es gerade einmal achtzehn Uhr. Zu früh für seinen Plan.

Er stieg aus und ging in die Kirche. Sie sah immer noch genauso aus, wie in seiner Erinnerung.

Er setzte sich in die erste Reihe und betete. Zumindest tat er so. Dabei schaute er sich um. Es war perfekt. Zum Glück war heute Samstag. Das würde für die nötige Show sorgen, die er brauchte.

Nach einer Weile ging er wieder ins Auto zurück. Er fuhr eine kleine Strecke, bis er außer Sicht des Dorfes war. Hier wartete er auf den späten Abend. Gegen zweiundzwanzig Uhr fuhr er wieder zurück zur Kirche.

Er vergewisserte sich, dass er allein war. Dann klopfte er an einer Seitentür.

Das Licht wurde angeschaltet und ein älterer Herr öffnete die Tür.

»Was kann ich für sie tun, zu so später Stunde?«

Er wusste aus dem Religionsunterricht genau, was er sagen musste, um die Tür geöffnet zu bekommen.

»Vater, ich habe gesündigt!«

Und das war nicht gelogen. Von diesen Sünden würde ihn nicht einmal der Priester freisprechen können. Das war aber auch nicht seine Absicht.

»Kann das nicht bis morgen warten? Nach der Messe ist der Beichtstuhl immer zwei Stunden besetzt.«

»Nein, Vater, tut mir leid. Meine Sünden wiegen so schwer, ich muss die Last noch heute loswerden.«

»Na gut, tritt ein, mein Sohn.«

Der Priester führte ihn in eine Stube mit einem kleinen Tisch.

»Möchten Sie etwas trinken?«

»Ja, falls möglich einen Kaffee bitte, mit etwas Milch und Zucker.«

Warten Sie kurz.

Der Priester kam tatsächlich nach fünf Minuten mit einem heißen Kaffee um die Ecke. Dabei dachte Herbert immer, Katholiken würden das für Sünde halten.

»Nun erzähl mir von deinen Sünden«, bat ihn der Priester.

»Einen Augenblick noch, ich habe ein Anliegen, Vater.«

»Was kann ich denn noch für Sie tun?«

Herbert zog das Pistolenfeuerzeug.

»Sie sollen alles aufschreiben, und zwar bis ich fertig bin. Sie werden mich nicht unterbrechen, egal wie schlimm meine Sünden waren. Danach sehen wir weiter.«

»Dafür müssen Sie mich doch nicht bedrohen!«

»So ist es mir lieber und Sie werden es schon bald verstehen.«

Herbert begann zu erzählen, von all seinen Morden. Er ließ dabei kein Detail aus. Schließlich musste die Polizei später sicher sein können, dass es nicht gelogen war.

Der Priester schrieb und schrieb, am liebsten jedoch wäre er schreiend weggelaufen. Nun verstand er, warum die Pistole nötig war. Mit seinen zweiundsechzig Jahren hatte er schon viel erlebt. Jedoch war nichts so schlimm, wie das was ihm heute bis ins kleinste Detail geschildert wurde. »Gott, steh mir bei«, dachte der arme Mann.

Herbert erzählte, so genau er nur konnte. Sogar das mit Patrizia ließ er nicht aus. Als er endlich fertig war, fesselte er den Priester am Stuhl. Einen Knebel bekam er zur Sicherheit auch.

Das fertige Manuskript war ganz schön lang geworden. Herbert las es noch einmal durch. Er wollte sicher sein, dass es ihm gerecht wurde, was der Alte geschrieben hatte. Der hatte doch tatsächlich alles wortwörtlich übernommen.

Er holte ein Messer aus seiner Tasche und ging zum Priester rüber.

Er ritzte ihn in die rechte Wange. Ironischerweise dachte er an den Spruch, dass der Alte auch nicht die andere Wange hinhalten sollte.

Er nahm das Messer, dessen Spitze jetzt voller Blut war, und unterzeichnete das Werk, das er verfassen ließ.

Nun an die Arbeit, dachte sich Herbert.
Er ging in die Kirche und verschloss alle
Eingänge. Danach ging er zum Altar. Hinter dem Alter stand ein riesiges Kreuz.
Leider hing der gute, alte Jesus noch daran. Herbert holte das Werkzeug aus seinem Auto. Nach zwanzig Minuten hatte er
Jesus vom Kreuze befreit. Er räumte ihn
achtlos in eine Nische.

Den Priester trug er auf dem Stuhl sitzend bis zum Altar.

Mit seinem Messer entfernte Herbert die
Fesseln und bedrohte ihn wieder mit der
Pistole.

»Los Alter, stell dich ans Kreuz.«

Immer noch geknebelt gehorchte der alte
Mann. Er fragte sich, was der Wahnsinnige mit ihm vorhatte. Nachdem er ihm die
Beichte abgenommen hatte, konnte er
sich da allerdings schon so einiges vorstellen. Voller Panik was mit ihm geschehen würde wartete er auf das, was kommen mochte. Der Herr würde ihm hoffentlich Leid ersparen.

Herbert fesselte zuerst die Beine unten
ans Kreuz. Danach waren die Arme dran.

Schon jetzt war der Alte ein guter Ersatz für den Jesus, der seiner Pflicht am Kreuz zu leiden schon viele Jahre nachgekommen war. So schien Herbert die Ablösung nur fair.

Nachdem der Priester gut festgebunden war, holte Herbert Hammer und Nägel.

Nun wusste der Priester, was ihm blühte. Eine unsagbare Panik stieg in ihm auf. Immer wieder betete er im Gedanken das Vaterunser und fragte sich, warum ihn der Herr so einer schweren Prüfung unterzog.

Herbert fing mit dem linken Arm an. Der Nagel durchbohrte das Handgelenk und Blut tropfte auf den Kirchenboden. Das sah schon fast filmreif aus.

Als Herbert den zweiten Nagel ins Fleisch trieb, wurde der alte Mann ohnmächtig. Hoffentlich starb er nicht an einem Herzinfarkt während der Prozedur.

Die Beine musste er leider nebeneinander ans Kreuz schlagen. Die Nägel waren nicht lang genug.

Als er fertig war, genoss er eine Weile den

Anblick. Dann fiel ihm auf, dass etwas fehlte. Die Dornenkrone - woher nehmen wenn nicht stehlen.

Er hatte ja noch eine Menge Nägel übrig. Also holte er sich einen Stuhl und fing an Nägel in den Kopf des Priesters zu hämmern. Das gab vielleicht eine Schweinerei.

Ganz zum Schluss legte Herbert das Manuskript, das der Priester geschrieben hatte, noch auf den Altar.

Am liebsten wäre er geblieben um die entsetzten Gesichter der Gemeinde zu sehen, die alle zur Morgenandacht kamen. Leider lag ihm dafür zu viel an seiner Freiheit.

Er öffnete die Schlösser der Türen und ging zu seinem Auto.

Sein Fahrtziel war unbekannt. Das Boot musste er ja nun aufgeben.

Am nächsten Morgen kamen zuerst zwei Messdiener in die Kirche. Ihre Schreie waren bestimmt im ganzen Dorf zu hören gewesen.

Die Organistin stürmte sofort in die Kirche, als sie die Kinder hörte. Sie war so schockiert, dass ihr Herz beim Anblick des gekreuzigten Priesters stehenblieb.

Die Polizei brauchte zehn Minuten bis zum Eintreffen am Tatort. Jedoch stand die gesamte Gemeinde schon vor der Kirche. Allesamt leichenblass.

15. Epilog

Es dauerte nicht lange, dann wurde der kleine bayrische Ort deutschlandweit bekannt. Das Manuskript konnte die Polizei nicht lange geheim halten. Somit gab es eine Sondersendung im Fernsehen und alle alten Mordfälle wurden noch einmal aufgerollt.

Der Einzige der froh darüber zu sein schien, war der zu Unrecht verurteilte Besitzer eines Hamburger Hauses der wegen Totschlages im Gefängnis saß.

Patrizia wurde von den Medien ausfindig gemacht und interviewt. Ihr gefiel der Medienrummel gar nicht. Ihre Ehe wurde ein Jahr später geschieden.

Sybille und Joshua wurden auch von der Presse belagert. Die folgenden Jahre wurden nicht einfach für die beiden. Sybille wird heute noch wegen Depressionen behandelt. Joshua schaffte den Absprung, indem er eine Frau heiratete, die seinen Vater irgendwie cool fand. Er nahm ihren Nachnamen an.

Von Herbert gibt es bis heute keine Spur.
Jedoch hat Interpol seit dem Mord in der
Kirche, der heute fünfzehn Jahre zurück-
liegt zweihundert Mordfälle weltweit gelis-
tet, die Herberts Handschrift tragen.
Dazu kommt noch eine Dunkelziffer
durch Vermisste und durch Länder, die
nicht an Interpol melden.

ENDE

Danksagung:

Vielen Dank an Brigitte Thiem und Martina Marx, für die tatkräftige Unterstützung und das Korrektorat.

Danke an Stefanie Maucher, für ihre professionellen Tipps.

Vor allem aber, danke an meine Familie für die Geduld, wenn ich mal wieder zu lange am Computer saß.

Martin Thiem

Martin Thiem

Meine Bücher

http://martinthiem.jimdo.com/